Même PAS PEEUR... #3

SATÔ
DESSINS/COULEURS

Hé oui, c'est bien le tome #3 que tu as en main !

Me raconte pas, je sais… J'espère simplement que t'as pas trop bravé les Boitakons sur la route, tout heureux de venir acquérir cet exemplaire si précieux à ta collection ?

Lapince, Mormoil, le Chef, Paulo, le docteur Maison, Lostrider et toute la clique, de retour dans de nouvelles z'aventures palpitantes et hilarantes au possible. Merci qui ?

Le succès de cette saga ? Un dessinateur qui roule par procuration en prenant le même plaisir que s'il était lui-même ses propres personnages. Il vit sa BD, sept jours sur sept !

S'économise pas, le Satô, ça non alors !

C'est plus une passion mais un véritable sacerdoce, une dévotion sans bornes à la moto dont il connaît les moindres rouages par cœur.
Observer, analyser l'univers du deux roues, c'est sa seconde nature. Mais à la différence de toi et moi, le Dom' sait retranscrire ses moindres pensées et réflexions, avec un coup de crayon à nul autre pareil.

Propos excessifs ? Pas mon genre pourtant… J'aime pas trop la brosse à reluire et lui encore moins, mais que dire d'autre pour moi qui le connaîs si bien ?

J'avoue sans fausse pudeur, je suis fan de mon pote…

Des années que je le pratique, Dom'. Lui et moi avons passé tellement d'heures à refaire le monde de la moto. Elevé à la grande école des seventies, jamais il ne s'est jamais focalisé sur le passé. Au fil du temps, Satô a suivi de très près la profonde mutation qui nous a amené au deux roues tel que nous le connaissons aujourd'hui.

La moto, mais aussi tout ce qui l'entoure, avec son lot de passionnés et détracteurs en tout genre. Mine de rien , il a engrangé une somme de connaissances phénoménale dont le résultat est cet œil critique, masqué de cet humour si corrosif et dérangeant parfois, devenu sa géniale signature.

Au fait, j'avais prévu de te laisser la surprise au fil des pages, mais sache qu'un certain Lostrider tient le rôle de guest star dans cet opus 3.

Lostrider… c'est le coté obscur de tout motard qui se respecte. Il est le Terminator, l'être ultime ! Son absolu ? Pulvériser le record du périph', mais la route est longue pour arriver à l'autoroute parisienne et Kékéland jamais très loin…

Moi, Lostrider m'a touché : j'l'aime bien, cet anti-héros à la sauce Satôesque !

Textes au rupteur, langage réglé comme une meule de GP, dessins percutants comme jamais ! En prime, de nouveaux personnages, dont certains que tu reconnaîtras et que je te laisse découvrir.

Ajoute à ça la dose habituelle de Kékés, dotés d'une mauvaise foi à faire pâlir le plus endurci des motards, un Lapince au mieux de sa forme, un…

T'as pigé ? Alors, t'attends quoi pour tourner la page et te délecter ? Ce millésime est un (très) grand cru…

Jean-Paul DAUTRICOURT

Remerciements de l'auteur à ces forums motos que je parcours pour y puiser la "substantifique moelle" !

le repairedesmotards.com - teamgaaaz.com - planete-kawasaki.com - forum-auto.com/moto - godier-genoud.org - lagambas.com - planete-ducati.com - fan-2-r1 - zxr7team.com - motoconnect.com - zzr-leclub.fr - lyonmotard.com - gsxr1000.bb-fr.com - kawette.net - zedistes.net - binano.fr - moto-station.com - motoplanete.com ducatiFR - ducati_st - DAliste - ducatannonces.fr - BMW-RT ...

Dédicace spéciale à mes deux p'tits bouts : Alexis et Matthéo, futures stars du Barça ou de Manchester, à n'en pas douter ;-) !

P&T PRODUCTION SPRL - JOKER EDITIONS
11, Avenue de Visé - 1170 Bruxelles - BELGIQUE
Tél. : +32 (0)2 672 23 18 - Fax : +32 (0)2 675 17 97
www.editions-joker.com - joker@editions-joker.com

ISBN : 978-2-87265-443-7
Dépôt légal : D/2009/5336/385
Deuxième tirage

Imprimé et relié par Lesaffre - Tournai - Belgique

HALTE AU FEU - 1

HALTE AU FEU - 2

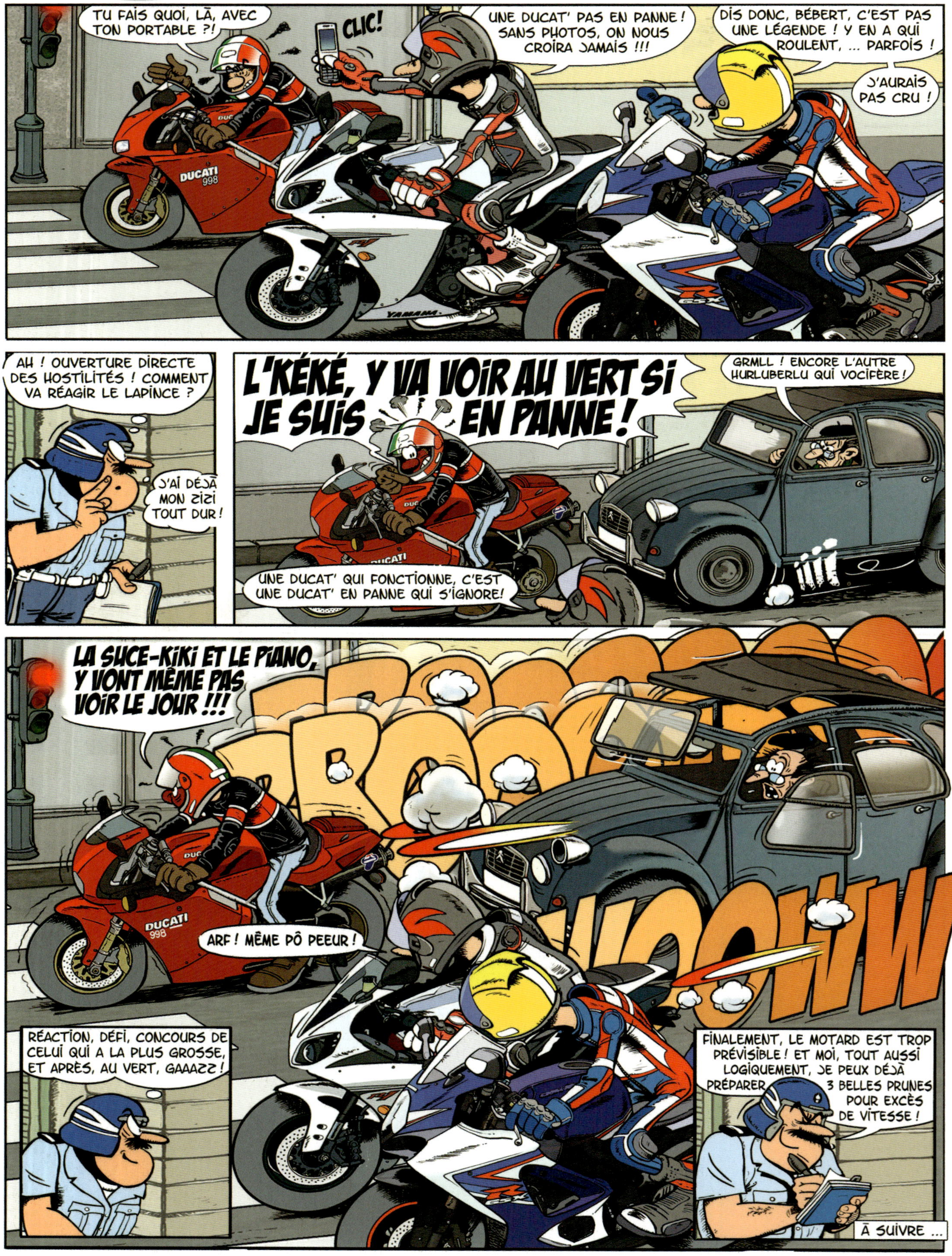

HALTE AU FEU - 3

ME VENDRE UN GPS QUI COUVRE ET PARLE QUE LA ROUMANIE ?! CE CESCOVITCH N'EST PAS HONNÊTE ! ET MOI, J'SUIS PAS PRÊT DE POURRIR GHOSTRIDER !
BÊÊÊÊ
ROOOOOOO
VIRAJ STÂNGA !
YO ! TÊTE DE MORT !
BÊÊÊÊ
ROOOOOOOO
SALUT À TOI, YO-TÊTEDEMORT ! MOI, C'EST LOSTRIDER !
SAURAIS-TU ME DIRE, AMI, OÙ SE TROUVE CE FICHU PÉRIPHÉRIQUE !
KLONK !
KESTU M'EMBROUILLES, BOUFFON ! FAIS PLUTÔT RIPPER LA THUNE !
DE L'ARGENT ? YO-TÊTEDEMORT ! SI J'EN AVAIS, J'AURAIS UN GPS NEUF !
RÉFLÉCHISSEZ, VOYONS !
OK, ALORS, BIKE-JACKING DE TA MEULE !
JE NE COMPRENDS RIEN À SON LANGAGE !
OH ! T'ENTENDS ! TÊTE DE BURNE !
BURN ?! AH, JE CROIS QU'IL VEUT QUE JE FASSE UN BURN !
D'ACCORD, JE TE FAIS UNE PETITE DÉMONSTRATION ! MAIS, RECULE SI TU VEUX PAS QUE JE T'EN...
TA MÈRE ! COMMENT TU M'PARLES, BÂTARD !
TU AIMES LE RISQUE, SOIT !
ADMIRE ! JAMAIS PLUS TU NE REVERRAS UN TEL BURN !
AAAHII !
J'AVAIS PRÉVENU, "RECULE ! SI TU VEUX PAS QUE JE T'ENFUME" !!! ALLEZ, REVIENS, YO-TÊTEDEMORT, JE SUIS ASSURÉ TOUS-RISQUES !
AAAHH
SATO

PAS DU MÊME MONDE - 1

BAGAGERIE

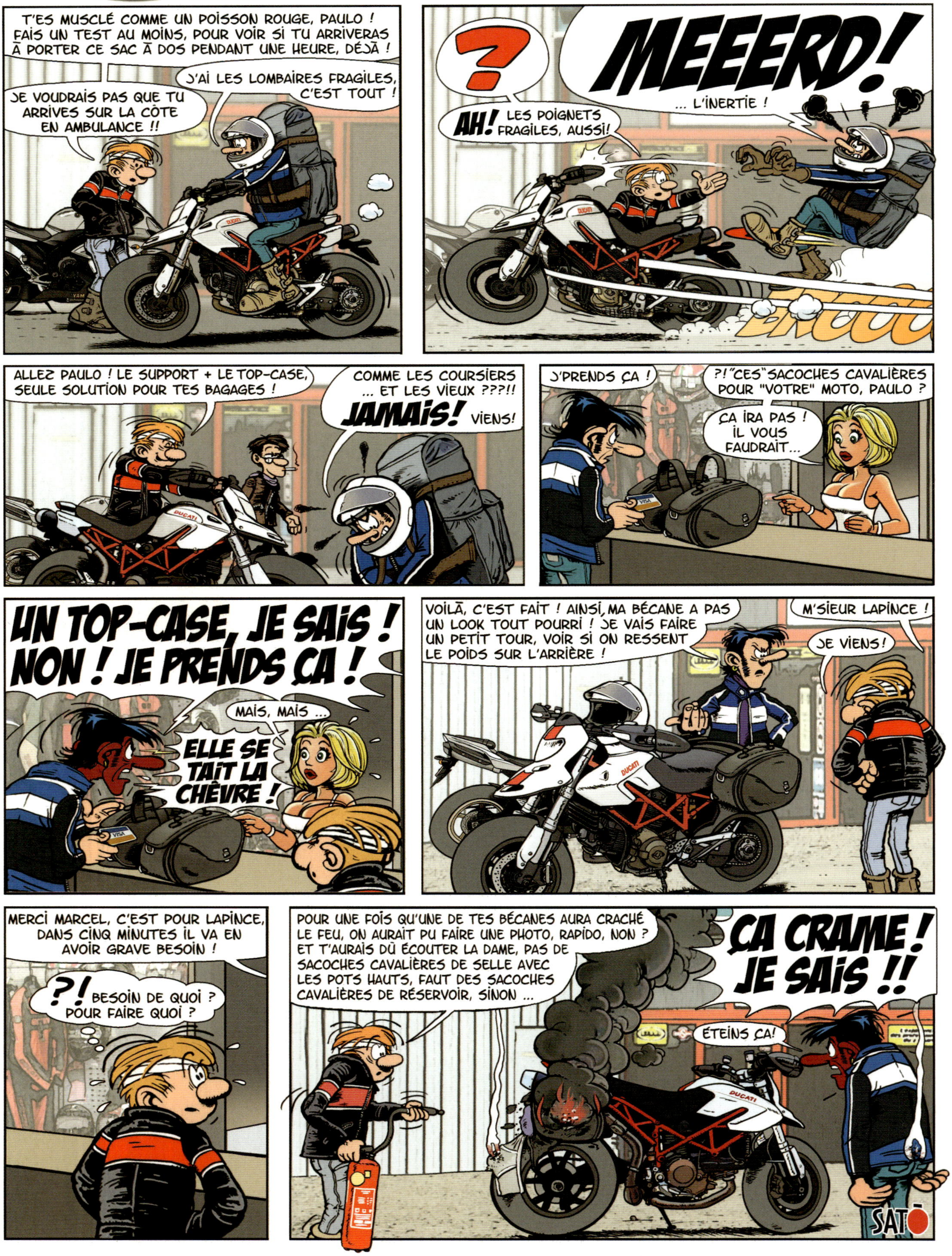
T'ES MUSCLÉ COMME UN POISSON ROUGE, PAULO ! FAIS UN TEST AU MOINS, POUR VOIR SI TU ARRIVERAS À PORTER CE SAC À DOS PENDANT UNE HEURE, DÉJÀ !
J'AI LES LOMBAIRES FRAGILES, C'EST TOUT !
JE VOUDRAIS PAS QUE TU ARRIVES SUR LA CÔTE EN AMBULANCE !!
?
MEEERD!
... L'INERTIE !
AH! LES POIGNETS FRAGILES, AUSSI!
BROOO
ALLEZ PAULO ! LE SUPPORT + LE TOP-CASE, SEULE SOLUTION POUR TES BAGAGES !
COMME LES COURSIERS ... ET LES VIEUX ???!!
JAMAIS! VIENS!
J'PRENDS ÇA !
?!"CES"SACOCHES CAVALIÈRES POUR "VOTRE" MOTO, PAULO ?
ÇA IRA PAS ! IL VOUS FAUDRAIT...
UN TOP-CASE, JE SAIS ! NON ! JE PRENDS ÇA !
MAIS, MAIS ...
ELLE SE TAIT LA CHÈVRE !
VOILÀ, C'EST FAIT ! AINSI, MA BÉCANE A PAS UN LOOK TOUT POURRI ! JE VAIS FAIRE UN PETIT TOUR, VOIR SI ON RESSENT LE POIDS SUR L'ARRIÈRE !
M'SIEUR LAPINCE !
JE VIENS!
MERCI MARCEL, C'EST POUR LAPINCE, DANS CINQ MINUTES IL VA EN AVOIR GRAVE BESOIN !
?! BESOIN DE QUOI ? POUR FAIRE QUOI ?
POUR UNE FOIS QU'UNE DE TES BÉCANES AURA CRACHÉ LE FEU, ON AURAIT PU FAIRE UNE PHOTO, RAPIDO, NON ? ET T'AURAIS DÛ ÉCOUTER LA DAME, PAS DE SACOCHES CAVALIÈRES DE SELLE AVEC LES POTS HAUTS, FAUT DES SACOCHES CAVALIÈRES DE RÉSERVOIR, SINON ...
ÇA CRAME ! JE SAIS !!
ÉTEINS ÇA!
SATŌ

LA RÉDAC - 1

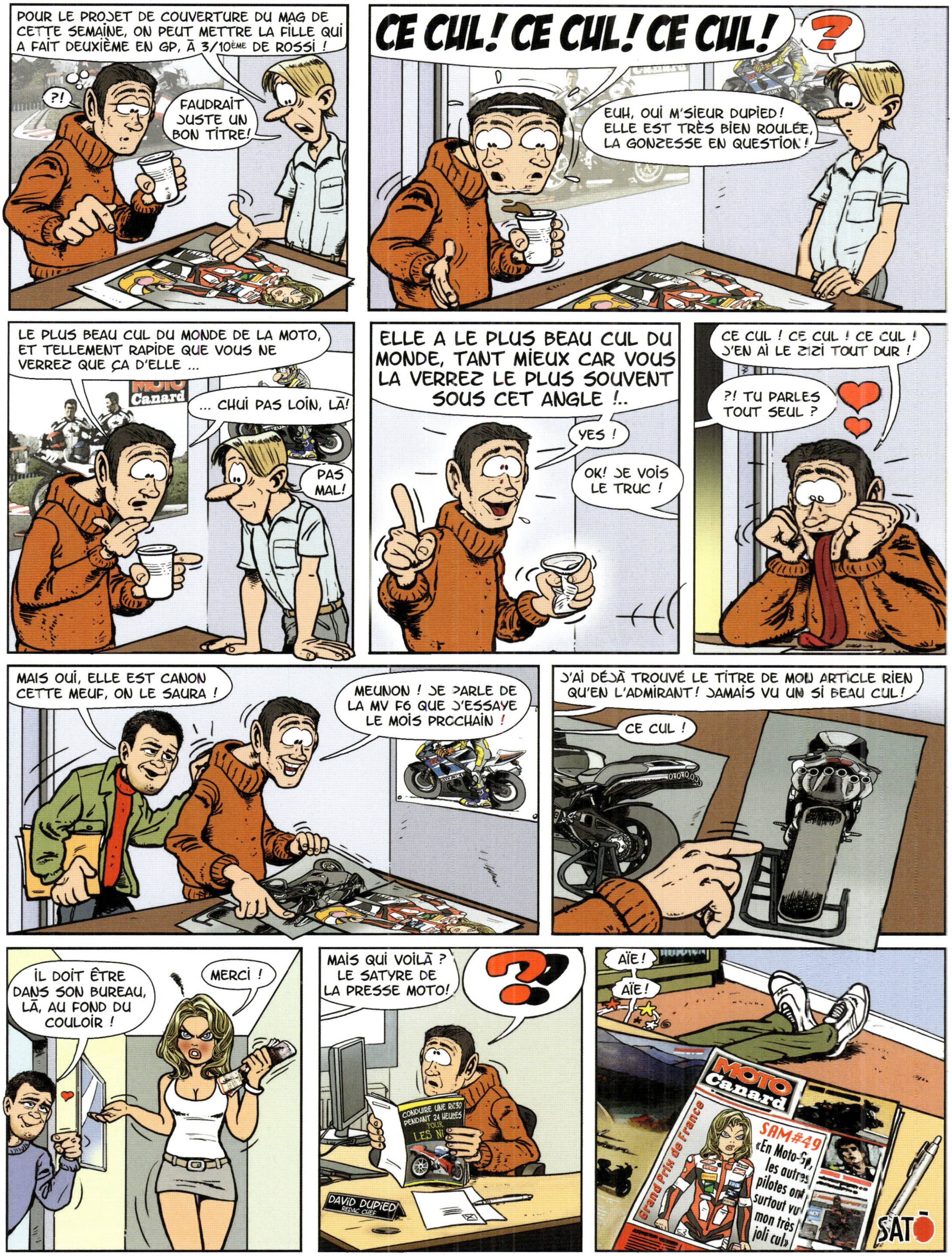
POUR LE PROJET DE COUVERTURE DU MAG DE CETTE SEMAINE, ON PEUT METTRE LA FILLE QUI A FAIT DEUXIÈME EN GP, À 3/10ème DE ROSSI !
?!
FAUDRAIT JUSTE UN BON TITRE!
CE CUL! CE CUL! CE CUL!
?
EUH, OUI M'SIEUR DUPIED! ELLE EST TRÈS BIEN ROULÉE, LA GONZESSE EN QUESTION!
LE PLUS BEAU CUL DU MONDE DE LA MOTO, ET TELLEMENT RAPIDE QUE VOUS NE VERREZ QUE ÇA D'ELLE ...
... CHUI PAS LOIN, LÀ!
PAS MAL!
ELLE A LE PLUS BEAU CUL DU MONDE, TANT MIEUX CAR VOUS LA VERREZ LE PLUS SOUVENT SOUS CET ANGLE !..
YES !
OK! JE VOIS LE TRUC !
CE CUL ! CE CUL ! CE CUL ! J'EN AI LE ZIZI TOUT DUR !
?! TU PARLES TOUT SEUL ?
MAIS OUI, ELLE EST CANON CETTE MEUF, ON LE SAURA !
MEUNON ! JE PARLE DE LA MV F6 QUE J'ESSAYE LE MOIS PROCHAIN !
J'AI DÉJÀ TROUVÉ LE TITRE DE MON ARTICLE RIEN QU'EN L'ADMIRANT! JAMAIS VU UN SI BEAU CUL!
CE CUL !
IL DOIT ÊTRE DANS SON BUREAU, LÀ, AU FOND DU COULOIR !
MERCI !
MAIS QUI VOILÀ ? LE SATYRE DE LA PRESSE MOTO!
?
DAVID DUPIED
REDAC CHEF
AÏE!
AÏE!
MOTO Canard
Grand Prix de France
SAM#49
«En Moto-Gp, les autres pilotes ont surtout vu mon très joli cul»
SATŌ

SOYEZ BEAUX JOUEURS ! AVANT VOUS POUVIEZ PAS MESURER AU DESSUS DE 300 À L'HEURE AVEC VOS RADARS À LA GODILLE !
LÀ, VOUS AVEZ VU L'EFFET DE SOUFFLE D'UN MEC POINTANT À 612 !
ÇA VOUS FAIT UN BON ÉLÉMENT DE COMPARAISON SI LE CAS SE REPRÉSENTE ! NON ?!
90
NOS
MICHELIN AIR
GENDARMERIE
GENDARMERIE
SATÔ

PLEIN DES SENS

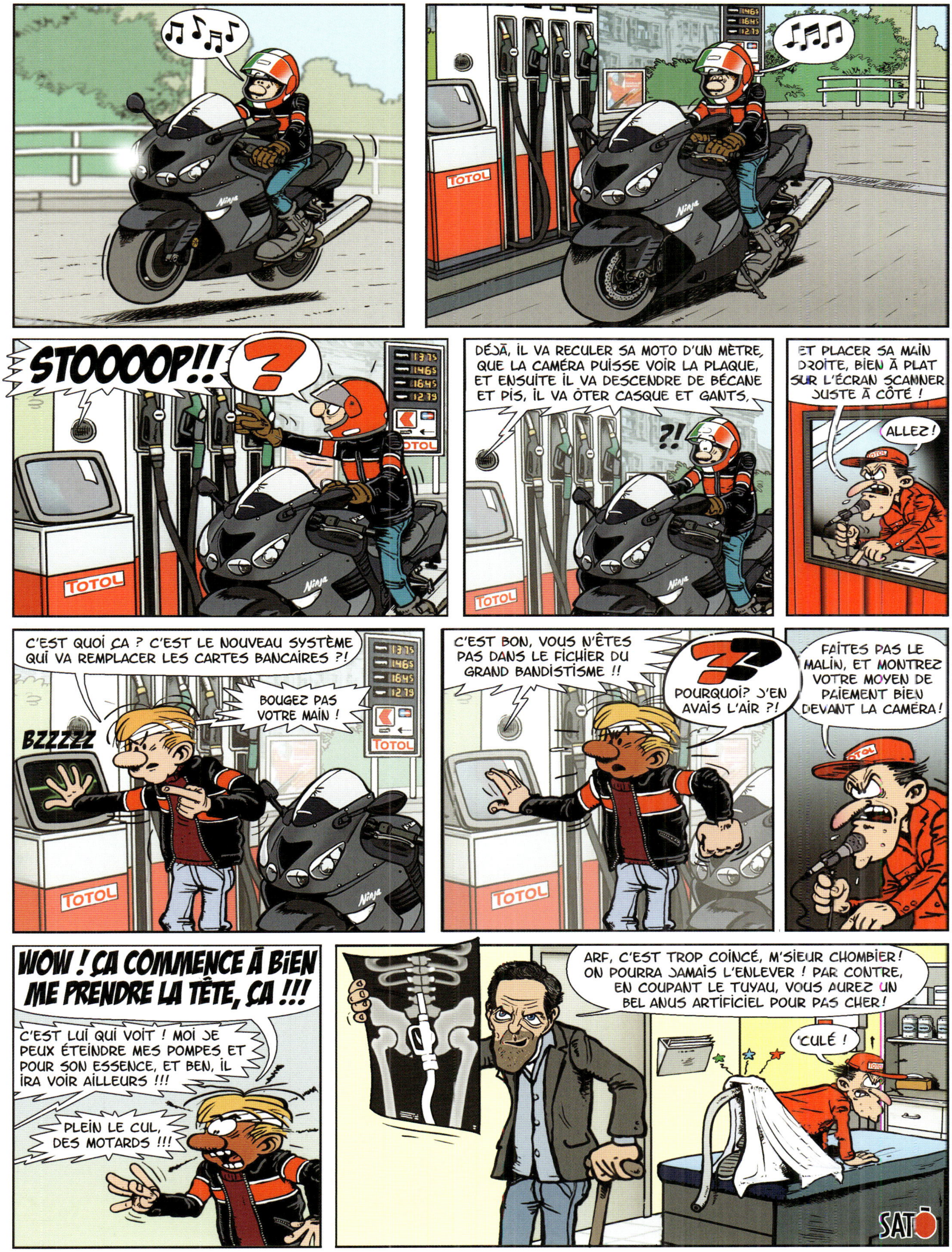

TU REDÉCORES LES MOTOS DES FORCES DU MAL ?!
MOI JE DIS QU'IL FAUT APPELER UN CHAT UN CHAT !!
EXTORSION DE FONDS
RACKET ORGANISÉ
COLLECTEUR DE TAXES
SATÔ

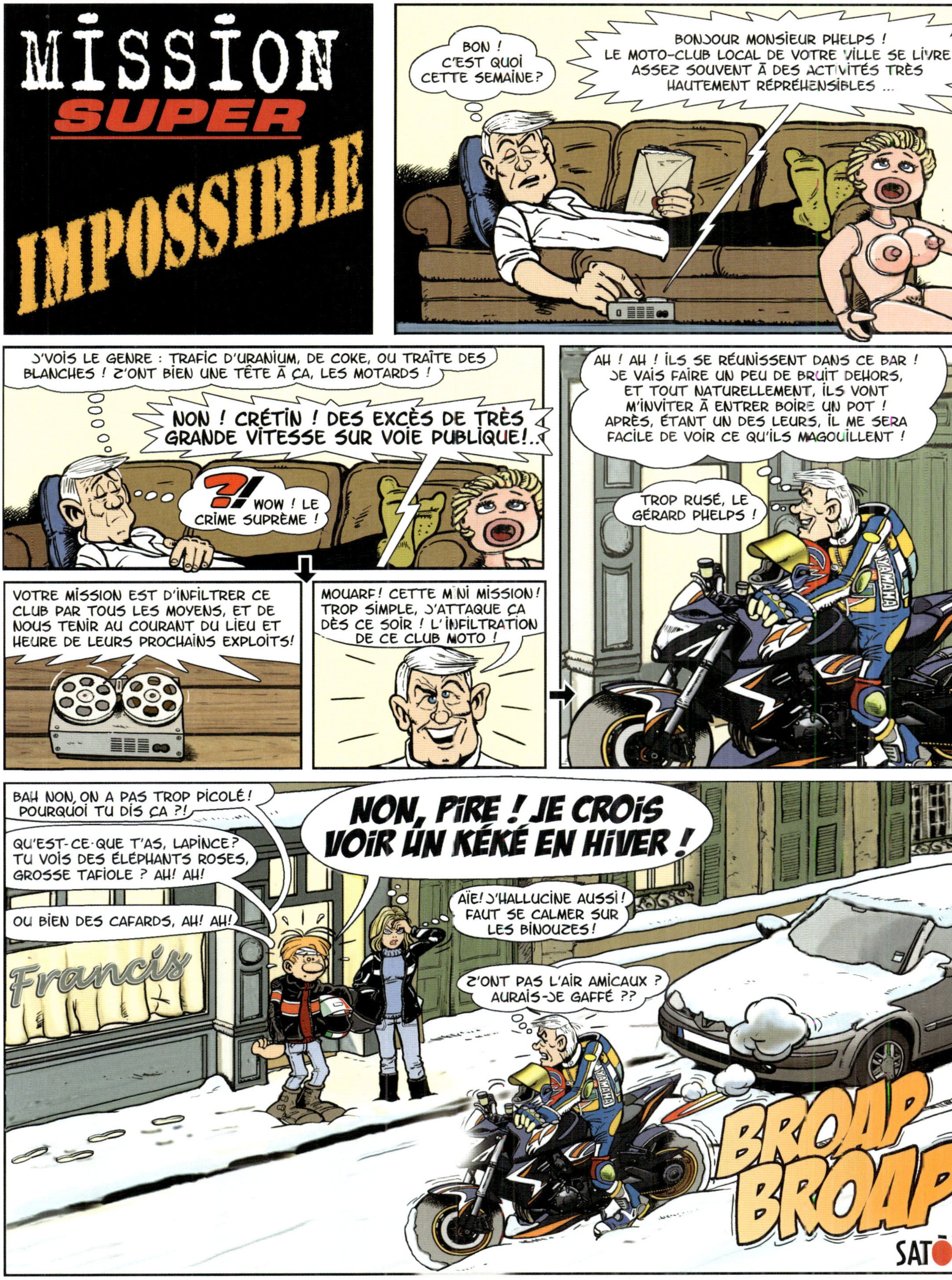
MISSION
SUPER
IMPOSSIBLE
BON ! C'EST QUOI CETTE SEMAINE?
BONJOUR MONSIEUR PHELPS ! LE MOTO-CLUB LOCAL DE VOTRE VILLE SE LIVRE ASSEZ SOUVENT À DES ACTIVITÉS TRÈS HAUTEMENT RÉPRÉHENSIBLES ...
J'VOIS LE GENRE : TRAFIC D'URANIUM, DE COKE, OU TRAÎTE DES BLANCHES ! Z'ONT BIEN UNE TÊTE À ÇA, LES MOTARDS !
NON ! CRÉTIN ! DES EXCÈS DE TRÈS GRANDE VITESSE SUR VOIE PUBLIQUE!..
?! WOW ! LE CRIME SUPRÊME !
VOTRE MISSION EST D'INFILTRER CE CLUB PAR TOUS LES MOYENS, ET DE NOUS TENIR AU COURANT DU LIEU ET HEURE DE LEURS PROCHAINS EXPLOITS!
MOUARF! CETTE MINI MISSION ! TROP SIMPLE, J'ATTAQUE ÇA DÈS CE SOIR ! L'INFILTRATION DE CE CLUB MOTO !
AH ! AH ! ILS SE RÉUNISSENT DANS CE BAR ! JE VAIS FAIRE UN PEU DE BRUIT DEHORS, ET TOUT NATURELLEMENT, ILS VONT M'INVITER À ENTRER BOIRE UN POT ! APRÈS, ÉTANT UN DES LEURS, IL ME SERA FACILE DE VOIR CE QU'ILS MAGOUILLENT !
TROP RUSÉ, LE GÉRARD PHELPS !
BAH NON, ON A PAS TROP PICOLÉ ! POURQUOI TU DIS ÇA ?!
NON, PIRE ! JE CROIS VOIR UN KÉKÉ EN HIVER !
QU'EST-CE QUE T'AS, LAPINCE? TU VOIS DES ÉLÉPHANTS ROSES, GROSSE TAFIOLE ? AH! AH!
OU BIEN DES CAFARDS, AH! AH!
AÏE! J'HALLUCINE AUSSI ! FAUT SE CALMER SUR LES BINOUZES !
Francis
Z'ONT PAS L'AIR AMICAUX ? AURAIS-JE GAFFÉ ??
BROAP BROAP
SATÔ

BIKE-JACKING DANGEREUX - 1

BIKE-JACKING DANGEREUX - 2

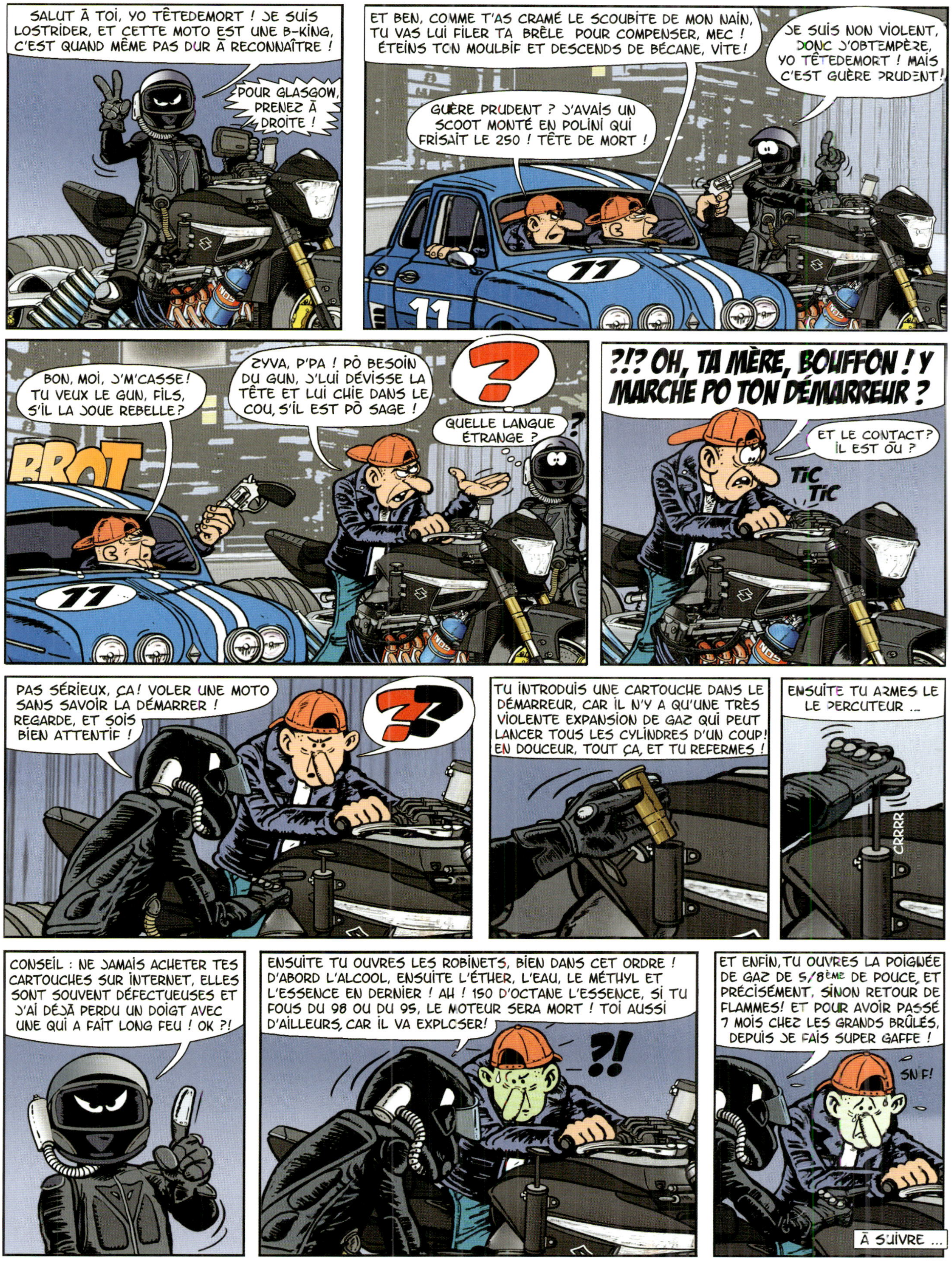

BIKE-JACKING DANGEREUX - 3

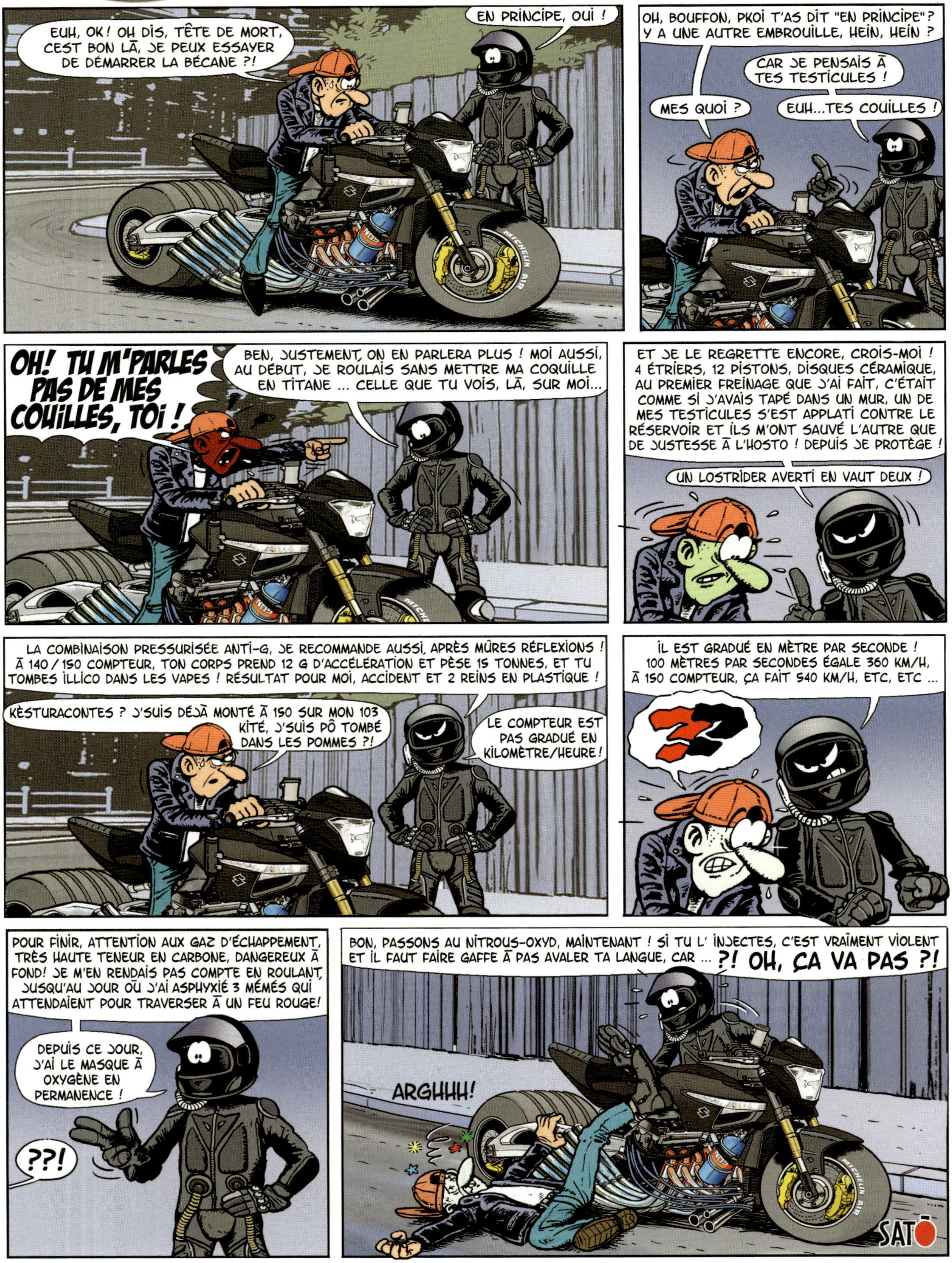

PAS DU MÊME MONDE – 2

READY FOR THE BURNS DAYS

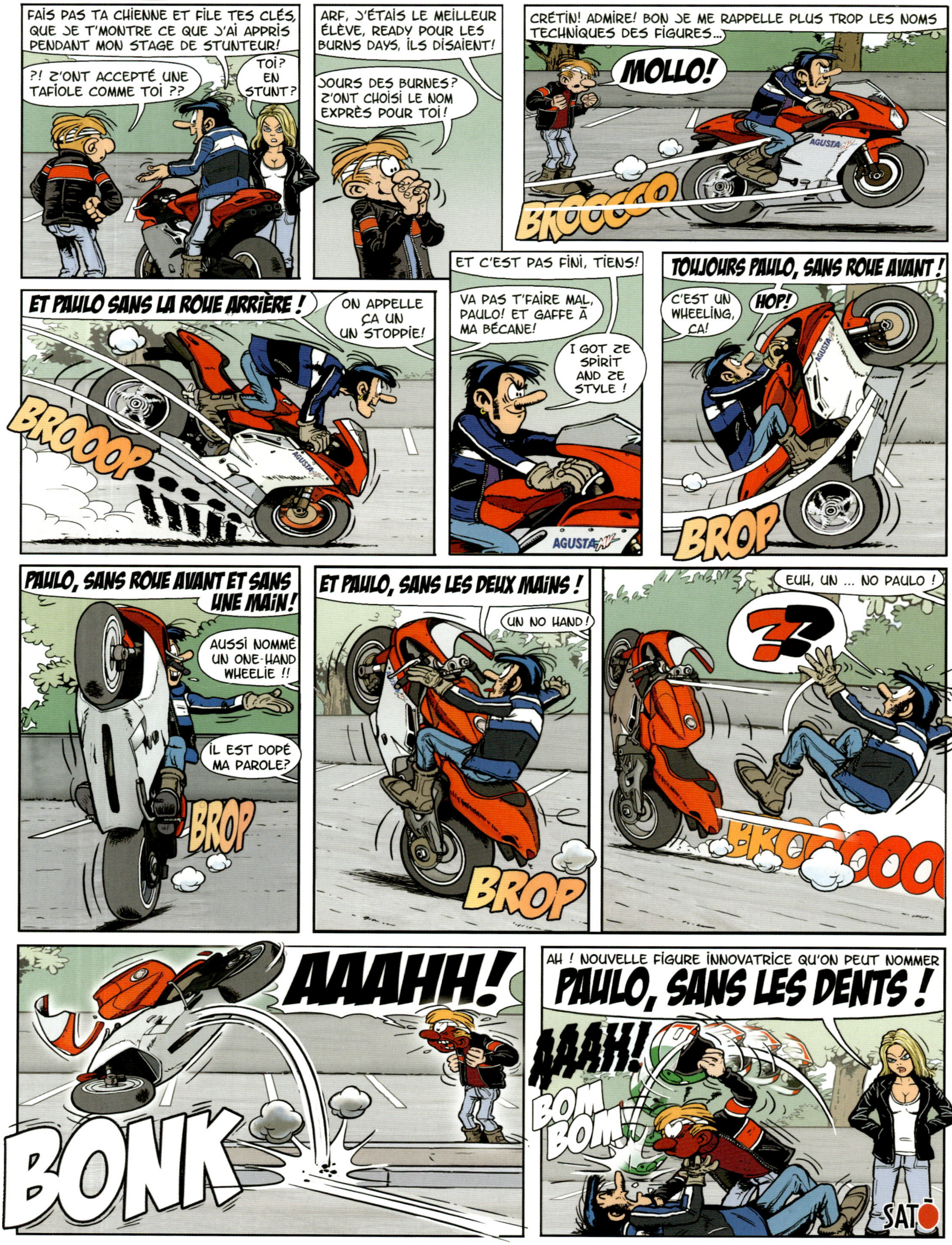

USUAL SUSPECTS

HIGH-TECH

P'TAIN ! JE SENS QUE JE VAIS EXPLOSER MON TOUT MEILLEUR CHRONO DE L'AN PASSÉ ! AH, QUE C'EST BÔ LA TECHNOLOGIE !
DOUX JÉSUS !
BROOOOOOOO
1000 GXKRR YAKASUKI
C'EST PAS POUR LES PETITS KIKIS
C'EST PAS UNE ÉVOLUTION, CETTE MOTO, C'EST UNE VÉRITABLE RÉVOLUTION ! J'EN SUIS TOUT ÉPOUSTIFLÉ ! CHAPEAU M'SIEUR L'INGÉNIEUR !
DEUX MILLIÈMES DE MOINS SUR UN TOUR À L'ALFANO, J'EN ÉTAIS SÛR !
MERCI, MONSIEUR DUPIED ! CHEZ YAKASUKI NOUS SOMMES TRÈS HONORÉS QUAND NOS CLIENTS SONT CONTENTS!
OUI, OUI, MON ZIZI EST TOUT DUR !
ALLEZ, POUR NOS LECTEURS, SOYEZ SYMPA, ET DÎTES-NOUS PAR QUEL MIRACLE LA YAKASUKI 2010 A TELLEMENT PROGRESSÉ PAR RAPPORT À CELLE DE L'AN DERNIER !
UN GAIN DE POIDS CONSIDÉRABLE, MONSIEUR DUPIED !
CHAQUE PISTON A ÉTÉ ALLÉGÉ DE 12 GRAMMES, GAIN DE POIDS SUR TOUT L'EMBIELLAGE, 21 GRAMMES, ON A AUSSI PU ALLÉGER LES TÉS DE FOURCHES DE 38 GRAMMES, LA VISSERIE EN MAGNÉSIUM NOUS A PERMIS DE GRATTER 67 GRAMMES
NON?
CIEL!
ENFER !
DIANTRE!
1 SEULE COUCHE DE PEINTURE SUR LES JANTES DONNE UN GAIN DE 37 GRAMMES, DURITES QU'ON A RACCOURCI, GAIN DE POIDS : 123 MILLIGRAMMES, SUPPRESSION DE DEUX STICKERS ...
SONT FORTS, TRÈS FORTS!
ET OUI, MONSIEUR DUPIED, AVEC CE MONSTRUEUX TRAVAIL D'ENGINEERING, LA MOTO EST GLOBALEMENT ALLÉGÉE DE 492 GRAMMES ENVIRON!
MAIS C'EST DINGUE !
PRESQU'UN DEMI KILO! AH! QUELLE ÉPOQUE MERVEILLEUSE!!
DOUX JÉSUS!
VOICI MON CONFRÈRE, FATBOB DE CHEZ MOTO-COINCOIN, QUI J'EN SUIS SÛR, DOIT LUI AUSSI BANDER COMME UN DINOSAURE APRÈS AVOIR ESSAYÉ VOTRE MERVEILLE !
ALORS BOB, Z'ONT BOSSÉ, HEIN ?!
EUH .. EXACT, DAVE, Z'ONT BIEN TRAVAILLÉ !
MAIS ... SUR QUOI?
SATO

PAS DU MÊME MONDE - 3

*ON CROISE LES DOIGTS!

OFFERINGS TO THE GOD OF SPEED

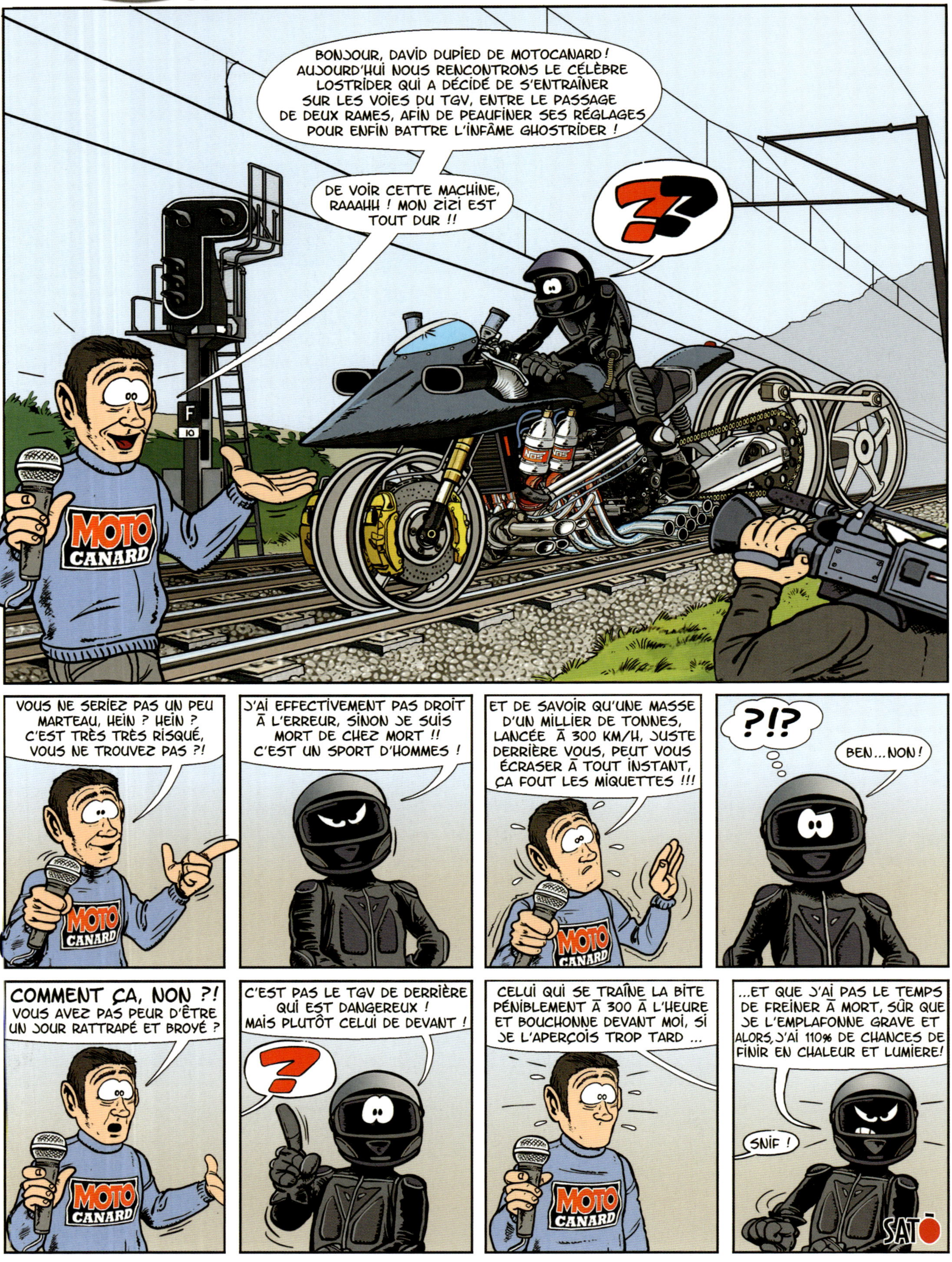

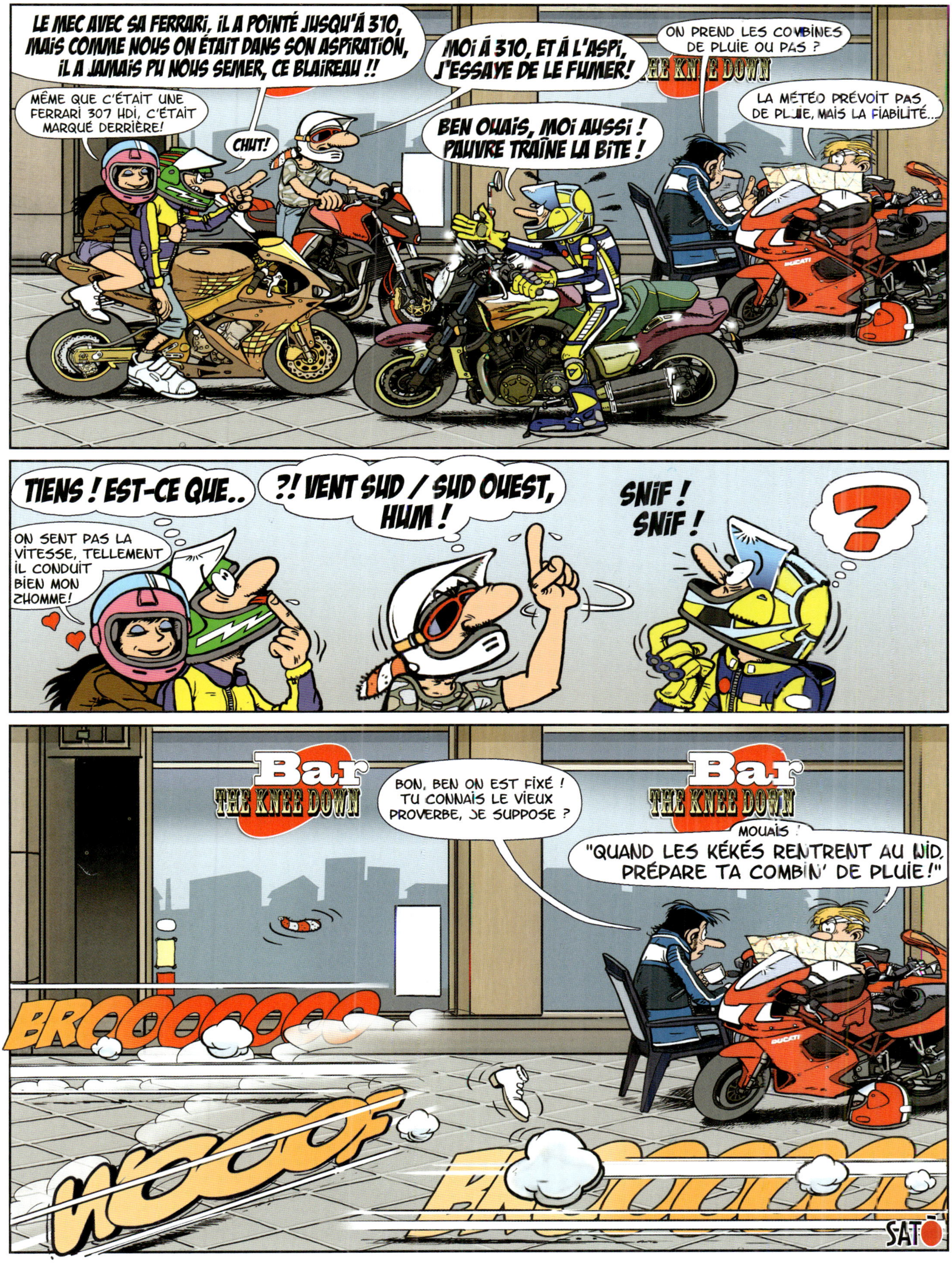
LE MEC AVEC SA FERRARI, IL A POINTÉ JUSQU'À 310, MAIS COMME NOUS ON ÉTAIT DANS SON ASPIRATION, IL A JAMAIS PU NOUS SEMER, CE BLAIREAU !!
MÊME QUE C'ÉTAIT UNE FERRARI 307 HDI, C'ÉTAIT MARQUÉ DERRIÈRE!
CHUT!
MOI À 310, ET À L'ASPI, J'ESSAYE DE LE FUMER!
BEN OUAIS, MOI AUSSI ! PAUVRE TRAÎNE LA BITE !
ON PREND LES COMBINES DE PLUIE OU PAS ?
LA MÉTÉO PRÉVOIT PAS DE PLUIE, MAIS LA FIABILITÉ...
THE KNEE DOWN
TIENS ! EST-CE QUE..
?! VENT SUD / SUD OUEST, HUM !
ON SENT PAS LA VITESSE, TELLEMENT IL CONDUIT BIEN MON ZHOMME!
SNIF ! SNIF !
?
Bar THE KNEE DOWN
Bar THE KNEE DOWN
BON, BEN ON EST FIXÉ ! TU CONNAIS LE VIEUX PROVERBE, JE SUPPOSE ?
MOUAIS !
"QUAND LES KÉKÉS RENTRENT AU NID, PRÉPARE TA COMBIN' DE PLUIE!"
BROOOOOOO
WOOOF
BROOOOOOO
SATO

CADEAUX - 1

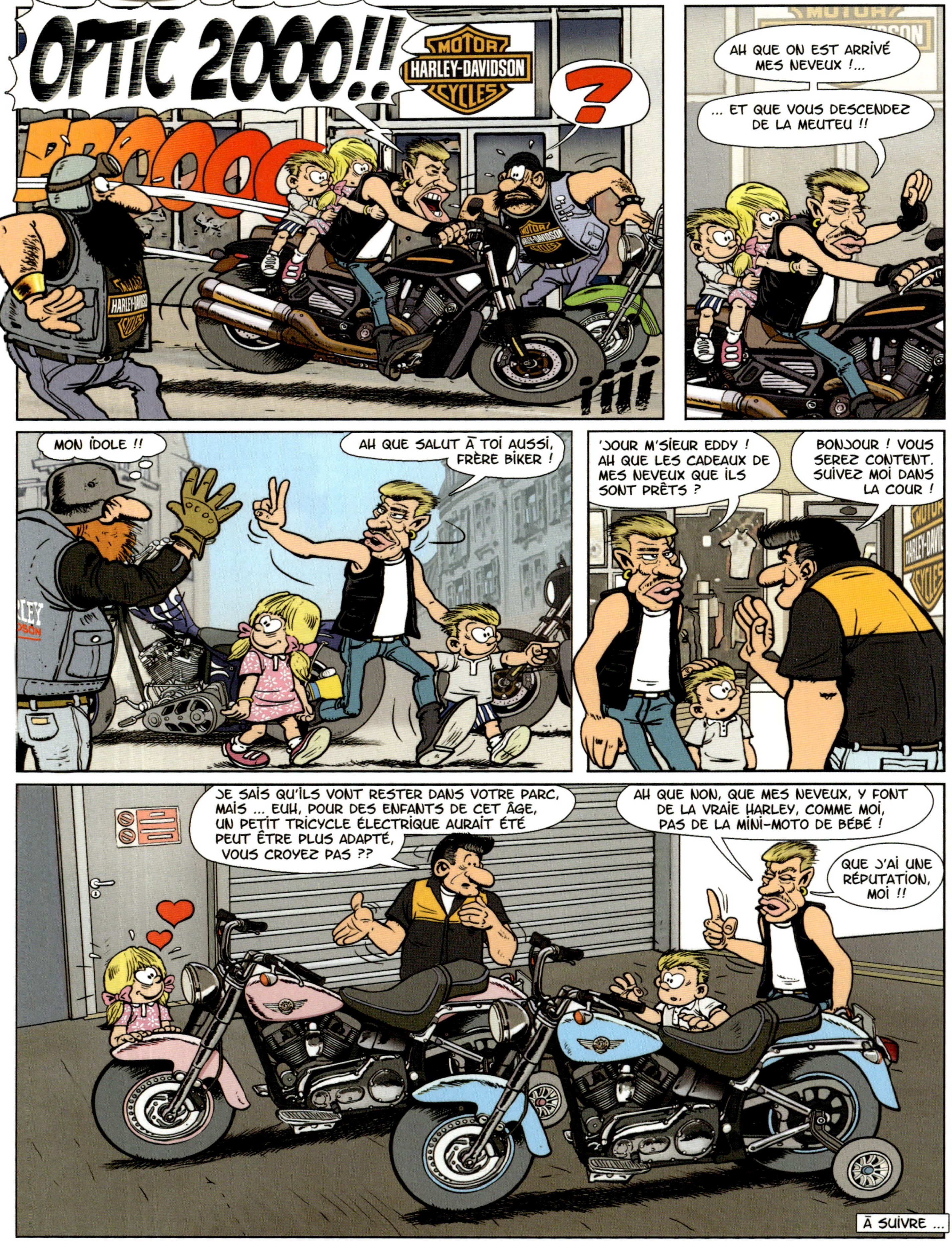
OPTIC 2000 !!
HARLEY-DAVIDSON MOTOR CYCLES
?
BROOOOO
AH QUE ON EST ARRIVÉ MES NEVEUX !...
... ET QUE VOUS DESCENDEZ DE LA MEUTEU !!
MON IDOLE !!
AH QUE SALUT À TOI AUSSI, FRÈRE BIKER !
'JOUR M'SIEUR EDDY ! AH QUE LES CADEAUX DE MES NEVEUX QUE ILS SONT PRÊTS ?
BONJOUR ! VOUS SEREZ CONTENT. SUIVEZ MOI DANS LA COUR !
JE SAIS QU'ILS VONT RESTER DANS VOTRE PARC, MAIS ... EUH, POUR DES ENFANTS DE CET ÂGE, UN PETIT TRICYCLE ÉLECTRIQUE AURAIT ÉTÉ PEUT ÊTRE PLUS ADAPTÉ, VOUS CROYEZ PAS ??
AH QUE NON, QUE MES NEVEUX, Y FONT DE LA VRAIE HARLEY, COMME MOI, PAS DE LA MINI-MOTO DE BÉBÉ !
QUE J'AI UNE RÉPUTATION, MOI !!
À SUIVRE ...

CADEAUX - 2

TOUTEFOIS, POUR PAS FINIR EN PRISON, J'AI QUAND MÊME PRIS QUELQUES PRÉCAUTIONS : DEUX ROUES STABILISATRICES, LA BOITE BLOQUÉE EN PREMIÈRE, ILS EMBRAYENT ET ÇA ROULE ! AINSI ILS DÉPASSERONT PAS LE 60 KM/H !! JE VEUX PAS QU'ILS AILLENT SE FAIRE MAL EN ROULANT TROP VITE !
AH QUE VOUS AVEZ BIEN FAIT ! QUE LA SÉCURITÉ AVANT TOUT !
SI JEUNE ET DÉJÀ BRIDÉE, PFF!
AH QUE MA NIÈCE, ELLE VA ESSAYER LA PREMIÈRE SA BELLE FATBOY !!
FASTOCHE ! CONTACT. J'DÉBRAYE, UN COUP DE DÉMARREUR ET ...
BROOO
AH QUE C'EST BIEN!
AAAAHHHH!!
DOOOUCEMENT!
BROOOOO
AH QUE C'EST LE MÉTIER QUI RENTRE !
LÀ, C'EST TROP! ILS VONT FINIR À L'HOSTO AVEC VOS ÂNERIES !
IIIIIIHHH!!
BONK
J'DÉBRANCHE LES CABLES DES GAZ !
ÇA SUFFIT CE CIRQUE !!
AH QUE COMMENT ILS VONT AVANCER ALORS ???
J'ACCÉLÈRE LE RALENTI À 2500 TOURS ! À CE RÉGIME, ÇA SERA DÉJÀ BIEN ASSEZ RAPIDE POUR CETTE GAMINE !
AH QUE D'ACCORD ! MAIS QUE LE GARÇON IL EST MOINS GRAND QUE SA SOEUR, DONC PAS 2500 TOURS POUR LUI, ...
VOUS METTREZ ...
... AU PETIT QUE 2000 !!
PFFF !
SATÔ

RECONVERSION - 1

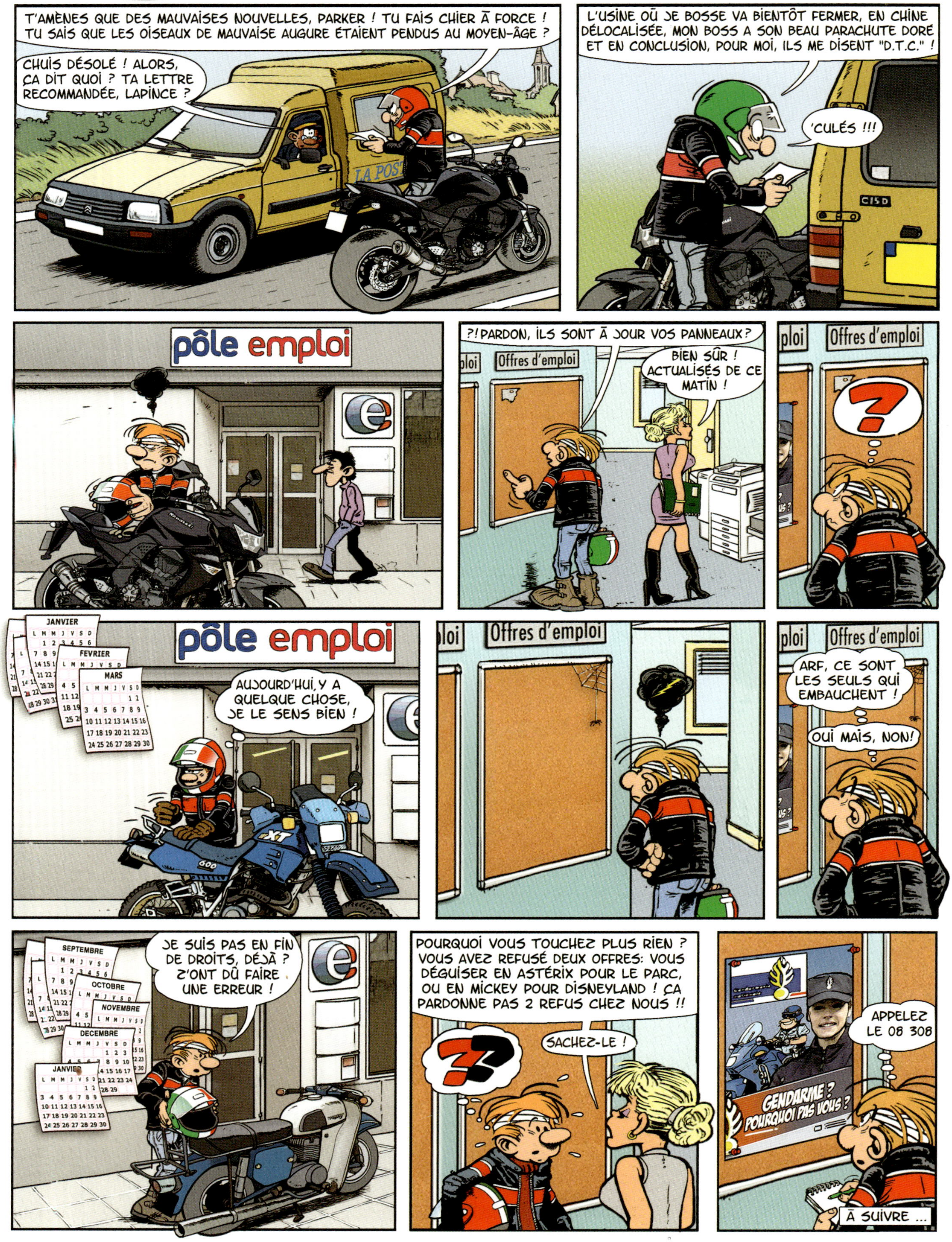

RECONVERSION - 2

BOUGE PAS, L'HOMME AUX JUMELLES. J'ARRIVE ! UNE FOIS QUE JE TE LES AURAI COLLÉES OÙ JE PENSE, ÇA VA PAS ÊTRE PRATIQUE POUR REGARDER DEDANS !
C'EST PEUT-ÊTRE UN DÉBUTANT, CHEF! COOL!
GENDARMERIE
AH ! MOTO YAMAHA EN APPROCHE, À 188 KM/H!
TU LE JURES ?
JURÉ ! ELLE A UNE DÉCORATION DE KÉKÉ, VOUS POUVEZ PAS VOUS TROMPER !
BROO
POLICE
? ? ?!
ENTRE COLLÈGUES, C'EST PAS SYMPA, ET ...
LA FEEERME!
CHEF!
POLICE
OH, LES JUMELLES! TU VAS ARRÊTER DE FOUTRE TA MERDE ?!
?
ALLO ?! C'EST TOI, MORMOIL ?!
NOOON! RETOURNE AU CHÔMAAAGE !
ON VEUT PAS DE TOiiii !
PAS SÉRIEUX, ÇA ! CHAQUE FOIS QU'IL MANGE SES CINQ KILOS DE TRIPES, IL FAIT D'HORRIBLES CAUCHEMARS APRÈS ! RÉVEILLEZ-VOUS, CHEF!
CHEF !!!
SATÔ

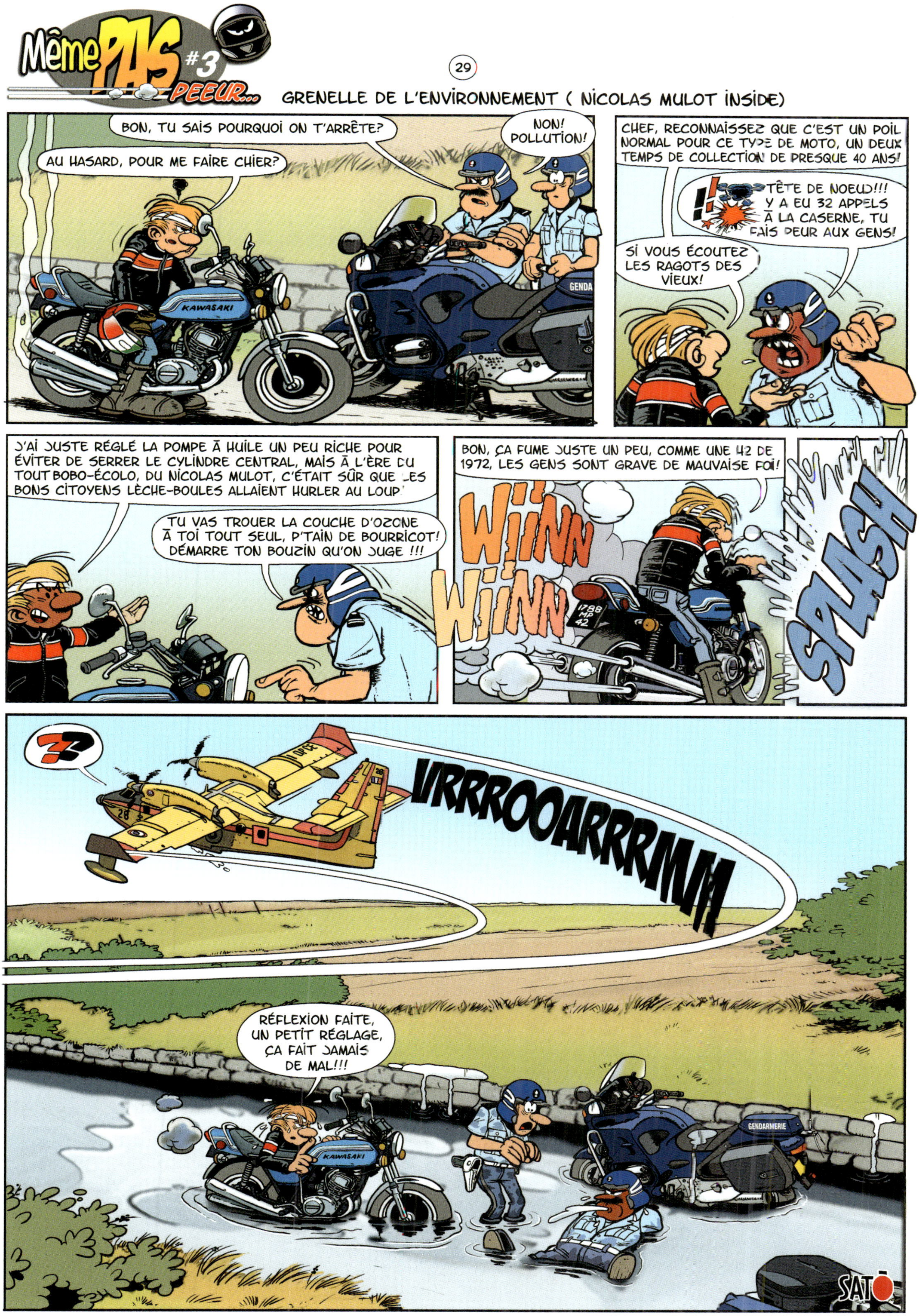
Même PAS #3 PEEUR...
GRENELLE DE L'ENVIRONNEMENT (NICOLAS MULOT INSIDE)
BON, TU SAIS POURQUOI ON T'ARRÊTE?
AU HASARD, POUR ME FAIRE CHIER?
NON! POLLUTION!
KAWASAKI
GENDA
CHEF, RECONNAISSEZ QUE C'EST UN POIL NORMAL POUR CE TYPE DE MOTO, UN DEUX TEMPS DE COLLECTION DE PRESQUE 40 ANS!
TÊTE DE NOEUD!!! Y A EU 32 APPELS À LA CASERNE, TU FAIS PEUR AUX GENS!
SI VOUS ÉCOUTEZ LES RAGOTS DES VIEUX!
J'AI JUSTE RÉGLÉ LA POMPE À HUILE UN PEU RICHE POUR ÉVITER DE SERRER LE CYLINDRE CENTRAL, MAIS À L'ÈRE DU TOUT BOBO-ÉCOLO, DU NICOLAS MULOT, C'ÉTAIT SÛR QUE LES BONS CITOYENS LÈCHE-BOULES ALLAIENT HURLER AU LOUP!
TU VAS TROUER LA COUCHE D'OZONE À TOI TOUT SEUL, P'TAIN DE BOURRICOT! DÉMARRE TON BOUZIN QU'ON JUGE !!!
BON, ÇA FUME JUSTE UN PEU, COMME UNE 42 DE 1972, LES GENS SONT GRAVE DE MAUVAISE FOI!
WIINN
WIINN
1788 MP 42
SPLASH
VRRROOARRRMM
RÉFLEXION FAITE, UN PETIT RÉGLAGE, ÇA FAIT JAMAIS DE MAL!!!
KAWASAKI
GENDARMERIE
SATO

OCCUPÉ - 1

ALLEZ POSER VOTRE PÊCHE, CHEF, JE SURVEILLE LES JUMELLES !
GNNNHH !!
M'CI !! GNNH !
CROUiiiC
PERSONNE ?!
BON !
WOOFF
GNNNiiHH
HUMFGNNiiAAH
LA VACHE, COMME IL M'A FAIT PEUR LE CHEF ??!!
MÊME DANS JURASSIK PARK, Y A PAS DES BRUITAGES PAREILS !
BON, AU BOULOT !
ROOOO
ET DEUX MOTOS À 215 KM/H ET ...
??! C'EST QUOI CE BORDEL ??!
215 KMh
?
?!
?!
GNNNNNNN !!
PFFFF !
PFFFF !
CRAC
?
CRAC
CRAC
CHEF !
?
AH ! EUH ... JE VOUS DÉRANGE, CHEF ?
PAS DU TOUT ! T'AURAIS MÊME DÛ VENIR AVEC DES POTES !!!
BON ! BEN TU VEUX QUOI, TROU DU CUL ?!
À SUIVRE ...

OCCUPÉ - 2

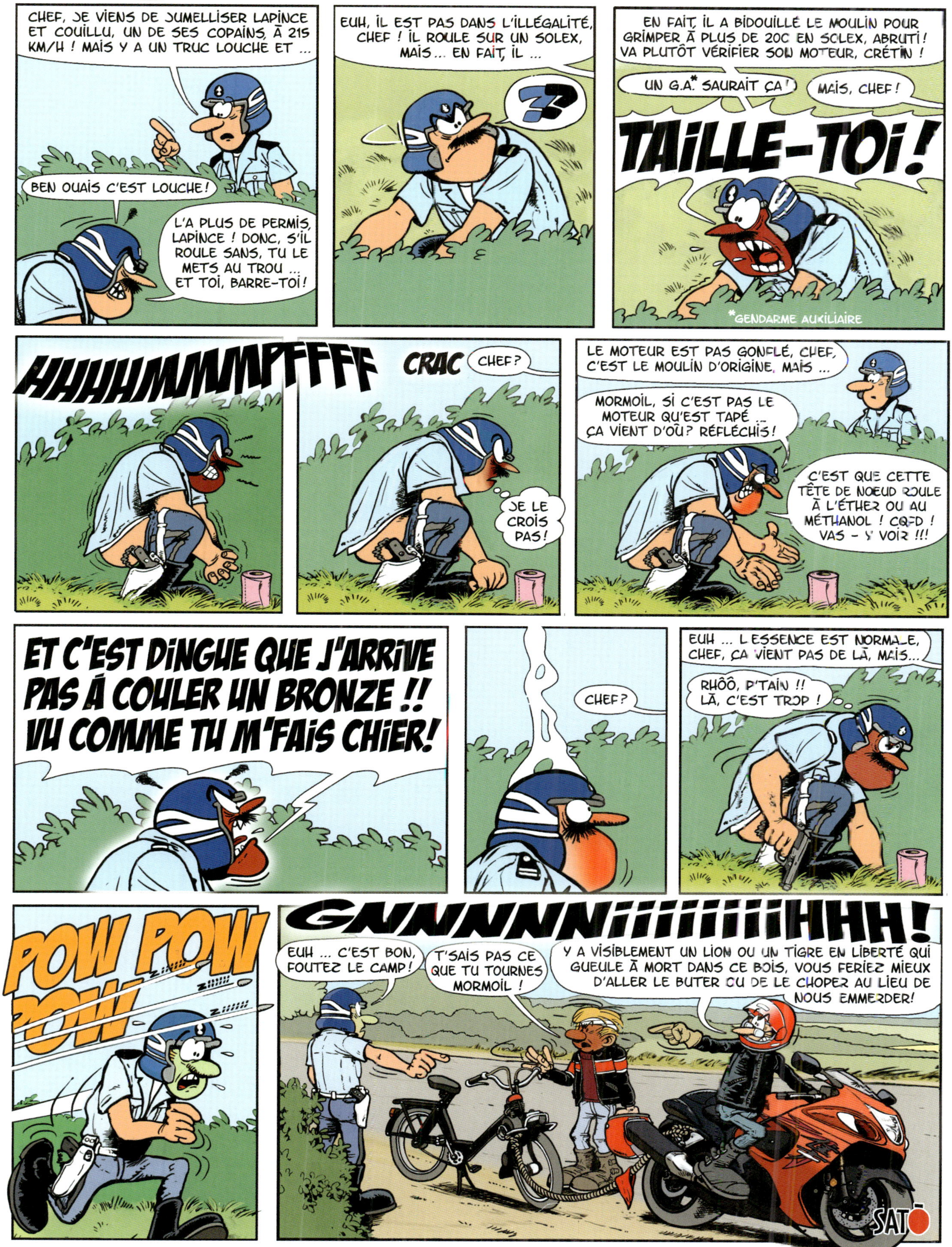
CHEF, JE VIENS DE JUMELLISER LAPINCE ET COUILLU, UN DE SES COPAINS, À 215 KM/H ! MAIS Y A UN TRUC LOUCHE ET ...
BEN OUAIS C'EST LOUCHE !
L'A PLUS DE PERMIS, LAPINCE ! DONC, S'IL ROULE SANS, TU LE METS AU TROU ... ET TOI, BARRE-TOI !
EUH, IL EST PAS DANS L'ILLÉGALITÉ, CHEF ! IL ROULE SUR UN SOLEX, MAIS ... EN FAIT, IL ...
?
EN FAIT, IL A BIDOUILLÉ LE MOULIN POUR GRIMPER À PLUS DE 200 EN SOLEX, ABRUTI ! VA PLUTÔT VÉRIFIER SON MOTEUR, CRÉTIN !
UN G.A.* SAURAIT ÇA !
MAIS, CHEF !
TAILLE-TOI !
*GENDARME AUXILIAIRE
HHHHMMMMPFFFF
CRAC
CHEF ?
JE LE CROIS PAS !
LE MOTEUR EST PAS GONFLÉ, CHEF, C'EST LE MOULIN D'ORIGINE, MAIS ...
MORMOIL, SI C'EST PAS LE MOTEUR QU'EST TAPÉ ... ÇA VIENT D'OÙ ? RÉFLÉCHIS !
C'EST QUE CETTE TÊTE DE NOEUD ROULE À L'ÉTHER OU AU MÉTHANOL ! CQFD ! VAS - Y VOIR !!!
ET C'EST DINGUE QUE J'ARRIVE PAS À COULER UN BRONZE !! VU COMME TU M'FAIS CHIER !
CHEF ?
EUH ... L'ESSENCE EST NORMALE, CHEF, ÇA VIENT PAS DE LÀ, MAIS...
RHÔÔ, P'TAIN !! LÀ, C'EST TROP !
POW POW POW
GNNNNNiiiiiiiiiHHH !
EUH ... C'EST BON, FOUTEZ LE CAMP !
T'SAIS PAS CE QUE TU TOURNES MORMOIL !
Y A VISIBLEMENT UN LION OU UN TIGRE EN LIBERTÉ QUI GUEULE À MORT DANS CE BOIS, VOUS FERIEZ MIEUX D'ALLER LE BUTER OU DE LE CHOPER AU LIEU DE NOUS EMMERDER !
SATÔ

LE DÉFI DE KÉKÉ - 1

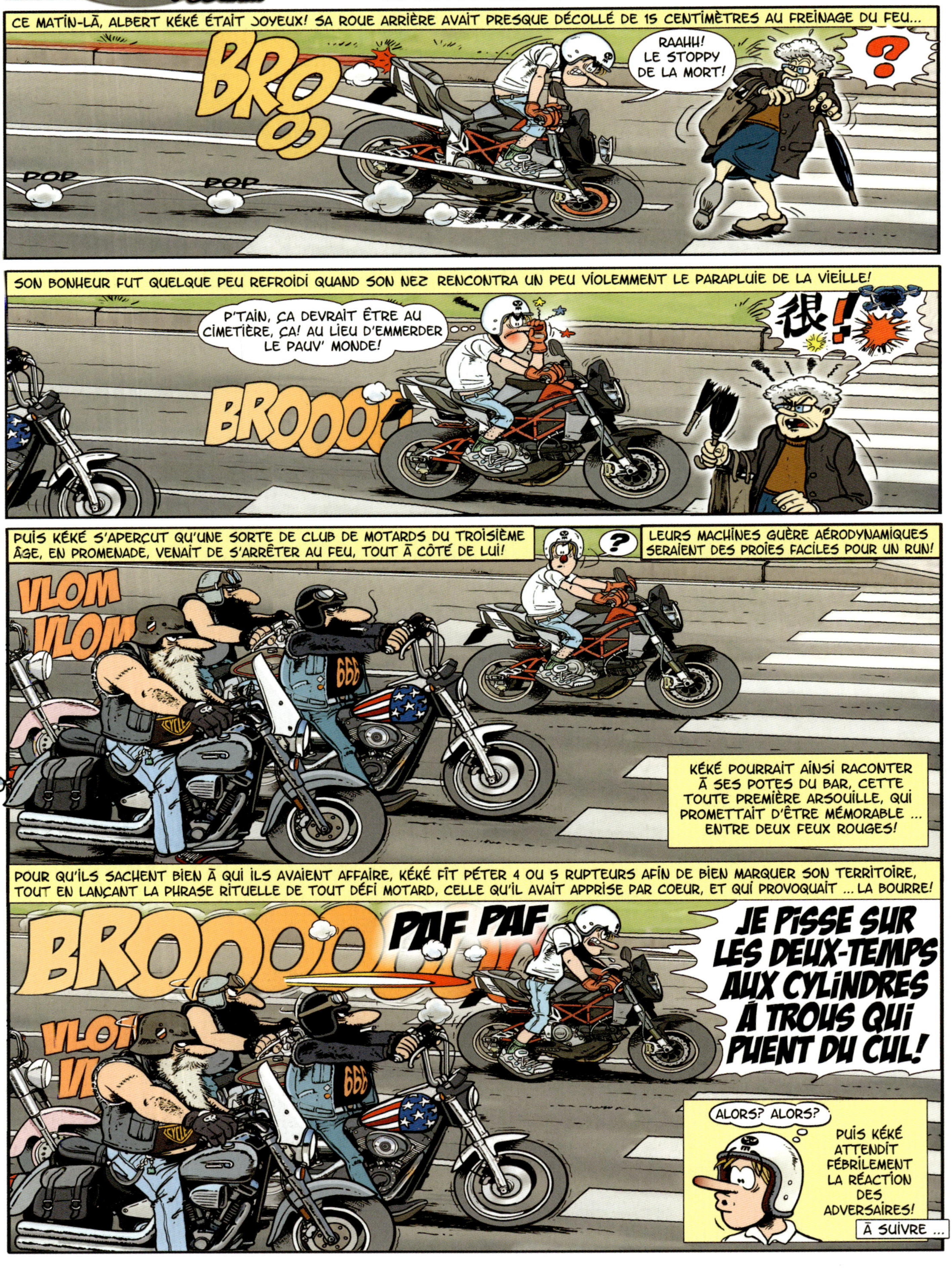

LE DÉFI DE KÉKÉ - 2

LE DÉFI DE KÉKÉ – 3

PRIORITÉS

AUX VOLEURS !
BANQUE BIG-BONUS
BANQUE BIG-BO
BROOOOOOO
UN HOLD-UP À LA BANQUE "BIG-BONUS & CO" Y A 2 MINUTES ?! BOUGEZ PAS, JE REGARDE MES ÉQUIPES !
CHEF, LA RADIO ! IL Y A DES VOLEURS À LA BANQUE BIG-BONUS !
ET ALORS ! C'EST PAS NOUVEAU, ÇA ! ON LES CHOPERA QUAND ILS REVIENDRONT TRAVAILLER DEMAIN ! LÀ, ON PEUT PAS !
ÉQUIPE 1
ÉQUIPE 2
ICI, ÉQUIPE 2, ON EST SUR LE PÉRIPH À FLASHOUILLER COMME PRÉVU !
OH !
LA MÊME EN AX? JE L'AI, À 52 !
ÉQUIPE 3
HÉ, OH ! ON AVAIT LE FLINGOLASER AU PROGRAMME POUR CE MATIN, NOUS !
MOUAIS
146
ÉQUIPE 4
ON EST SUR LA RN 116, DANS LE BREAK PHOTOMATON, C'ÉTAIT SUR LE PLANNING !
ÉQUIPE 5
?! ON CONTROLE AU PÉAGE SUD ! COMME Y AVAIT MARQUÉ AU TABLEAU, POURQUOI ?
cartes de crédit
cartes de crédit
C'EST BIEN CE QU'IL ME SEMBLAIT, J'AI PERSONNE DE DISPO, LÀ ! ILS SONT TOUS SUR DES MISSIONS PRIORITAIRES !
MAIS, MAIS...
OH ! ON MANQUE DE PERSONNEL, VOILÀ À QUOI ÇA MÈNE !
SATO

ABUS DE POUVOIR - 1

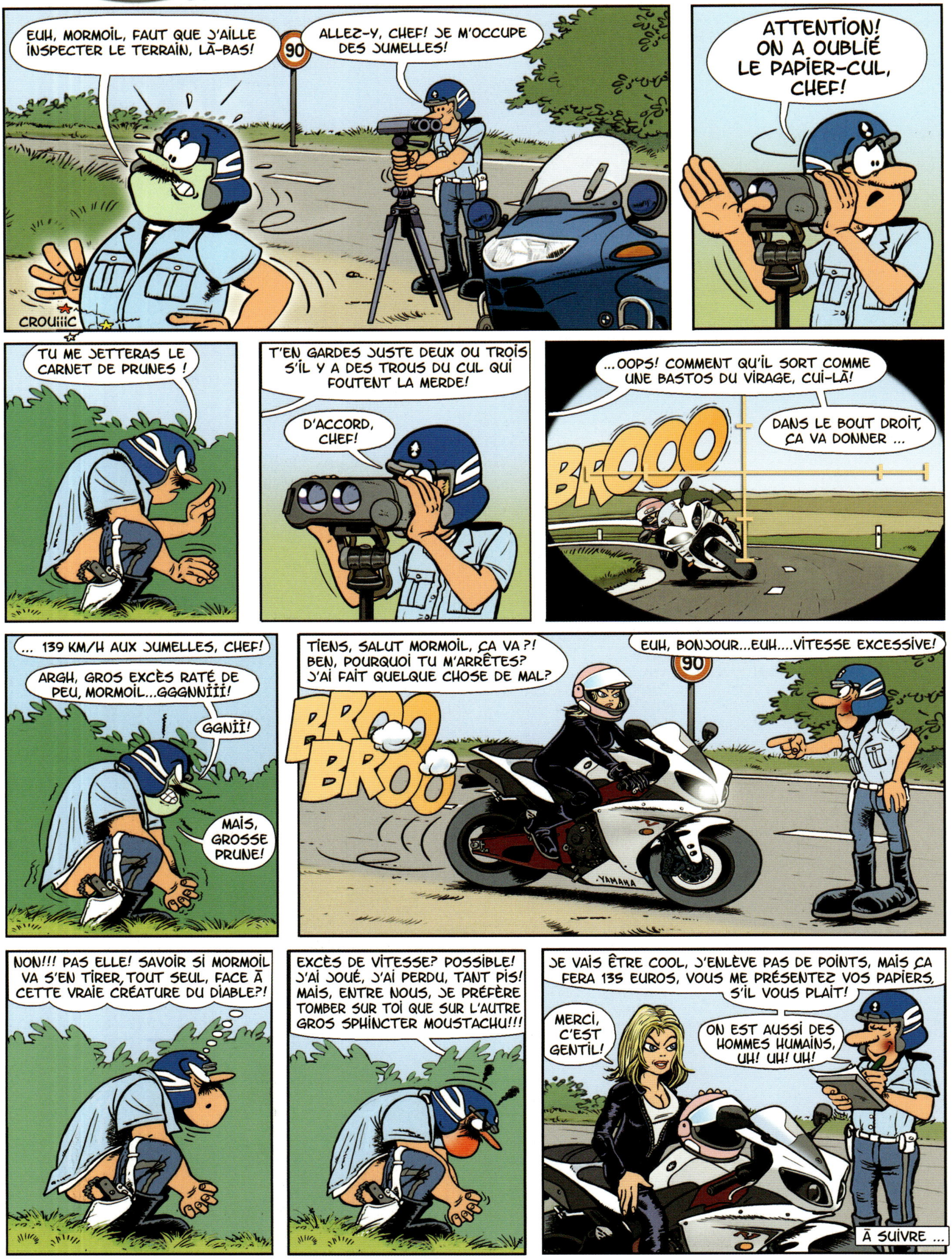

ABUS DE POUVOIR - 2

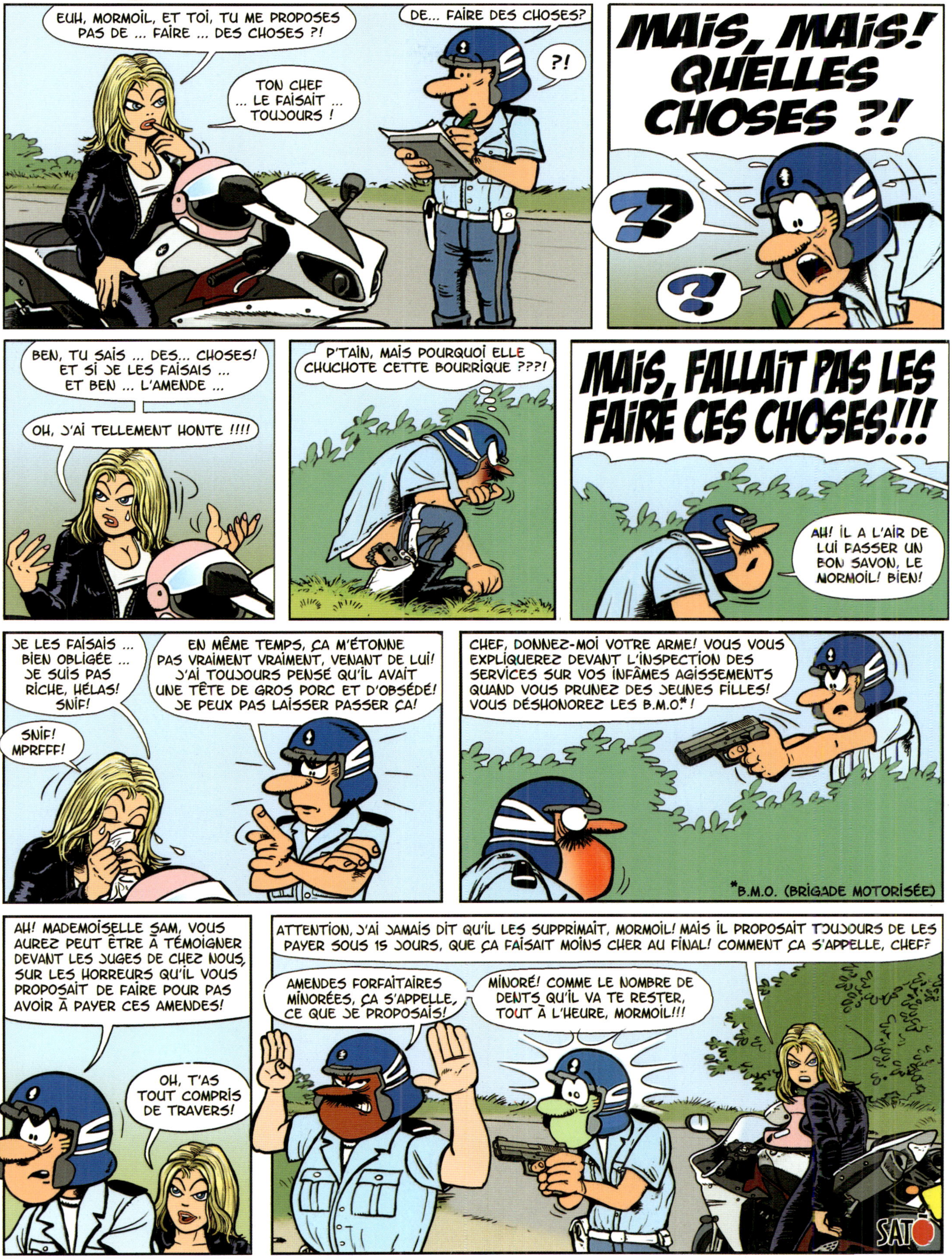

FAN DES SIXTIES

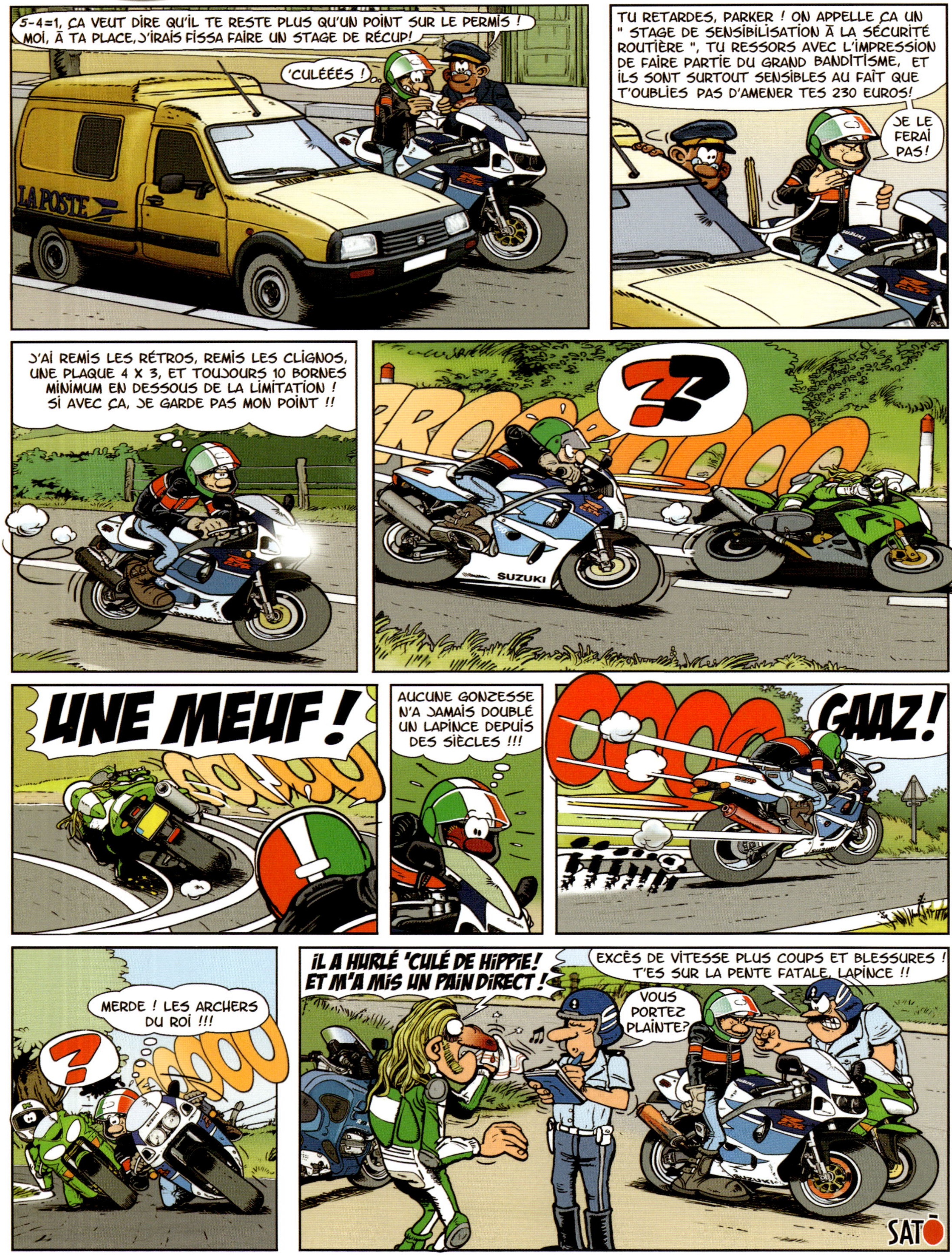

HYPNOTHÉRAPIE - 1

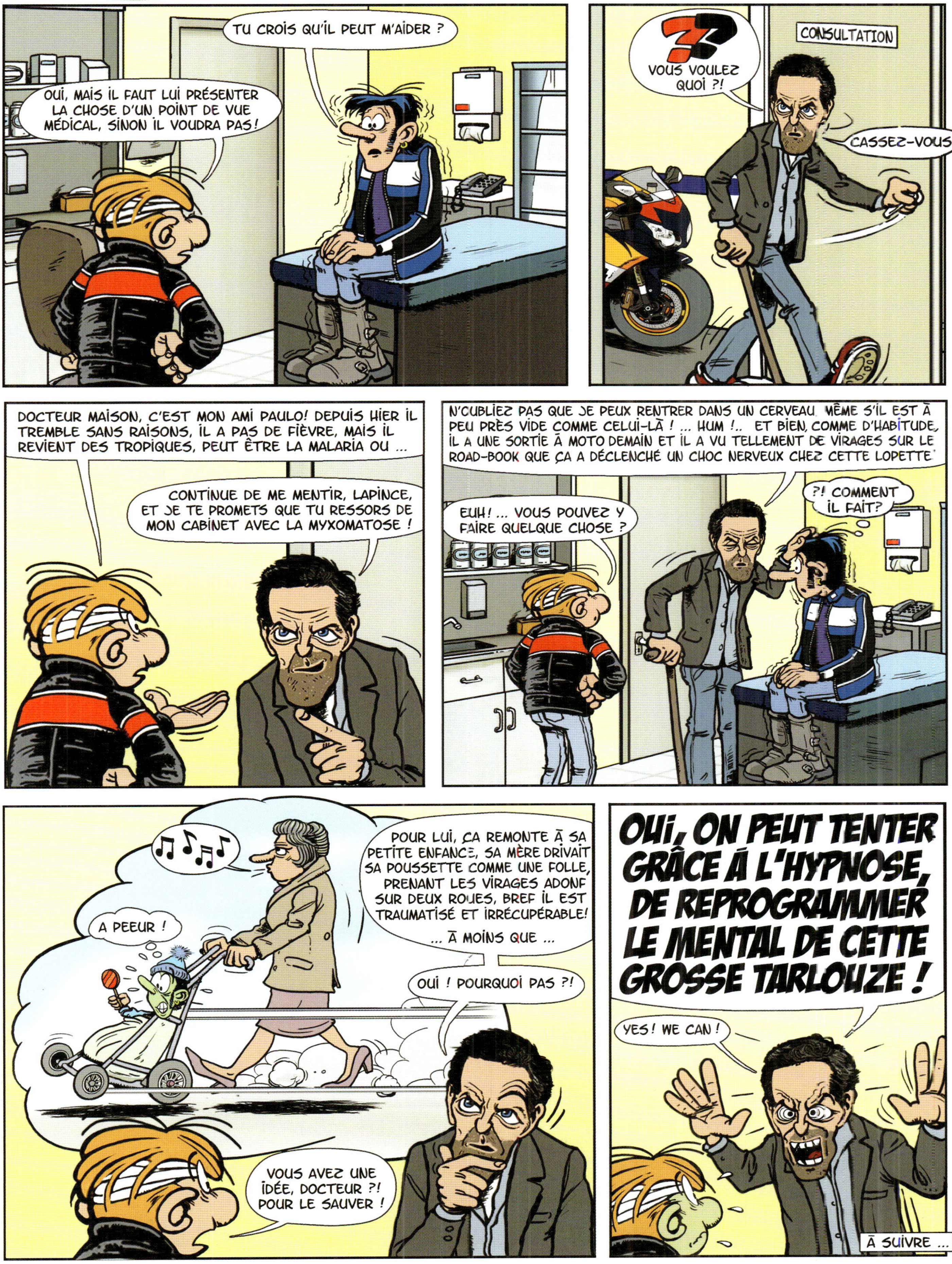

HYPNOTHÉRAPIE - 2

HYPNOTHÉRAPIE - 3

HYPNOTHÉRAPIE - 4

? PIRE QUE TUÉ ?!
MAIS Y A RIEN DE PIRE, DOCTEUR!
OH SI... ET JE LE VOIS. INFIRMIÈRE ! UN CHARIOT DE RÉANIMATION, VITE !
MMHH !
IL EST EN TRAIN DE VOIR CE QU'IL Y A DE L'AUTRE CÔTÉ, CE CON ! CHARGEZ LE DÉFIBRILLATEUR À FOND, SINON ON LE RAMÈNERA PAS !
OUI DOCTEUR !
DE L'AUTRE ... ... CÔTÉ ??!
OUI, LAPINCE ! DE L'AUTRE CÔTÉ, LE PARADIS OU L'ENFER DES MOTARDS!
CRRRRR
Bienvenue à KÉKÉLAND
Pneus carrés OBLIGATOIRES
QUEL PANARD ! CES ROUTES MAGNIFIQUES !!
TON AMI PAULO A REJOINT KÉKÉLAND ! LÀ OÙ LES ROUTES SONT TOUJOURS DROITES ET LE TEMPS TOUJOURS BEAU !
MAIS CE DOIT ÊTRE L'ENFER S'IL N'Y A QUE DES LIGNES DROITES ?
PAULO ... EN ENFER !
NON, PAS POUR UNE TAFIOLE !
C'EST LE PARADIS, PLUTÔT ! BON, J'Y GO !
MOLLO, DOCTEUR, VOUS AVEZ FAIT SAUTER LES PLOMBS !
Y VA RESSUSCITER LA LOPEEETTE ?!
CRIIITCHHH
EUH, DOCTEUR ! IL FUME PAULO, C'EST NORMAL ?!
ET VOILÀ, IL EST UN PEU CRAMÉ, MAIS AU MOINS, IL RESPIRE À NOUVEAU ... CHUI PAS SUR QU'IL VA AIMER D'AILLEURS !
ET VOTRE SÉANCE D'HYPNOSE, ELLE EN AURA FAIT UN PILOTE?
OÙ SUIS-JE ?
UN PILOTE, LUI ? EUH, NON IL RESTERA UNE LOPETTE, HÉLAS, ET ...
JE VEUX RE-MOURRIR !! REVOIR KÉKÉLAND !!!
ET SUICIDAIRE EN PLUS !!
?
SATO

FLASHOUILLAGE STORY - 1

FLASHOUILLAGE STORY - 2

FLASHOUÏLLAGE STORY - 3

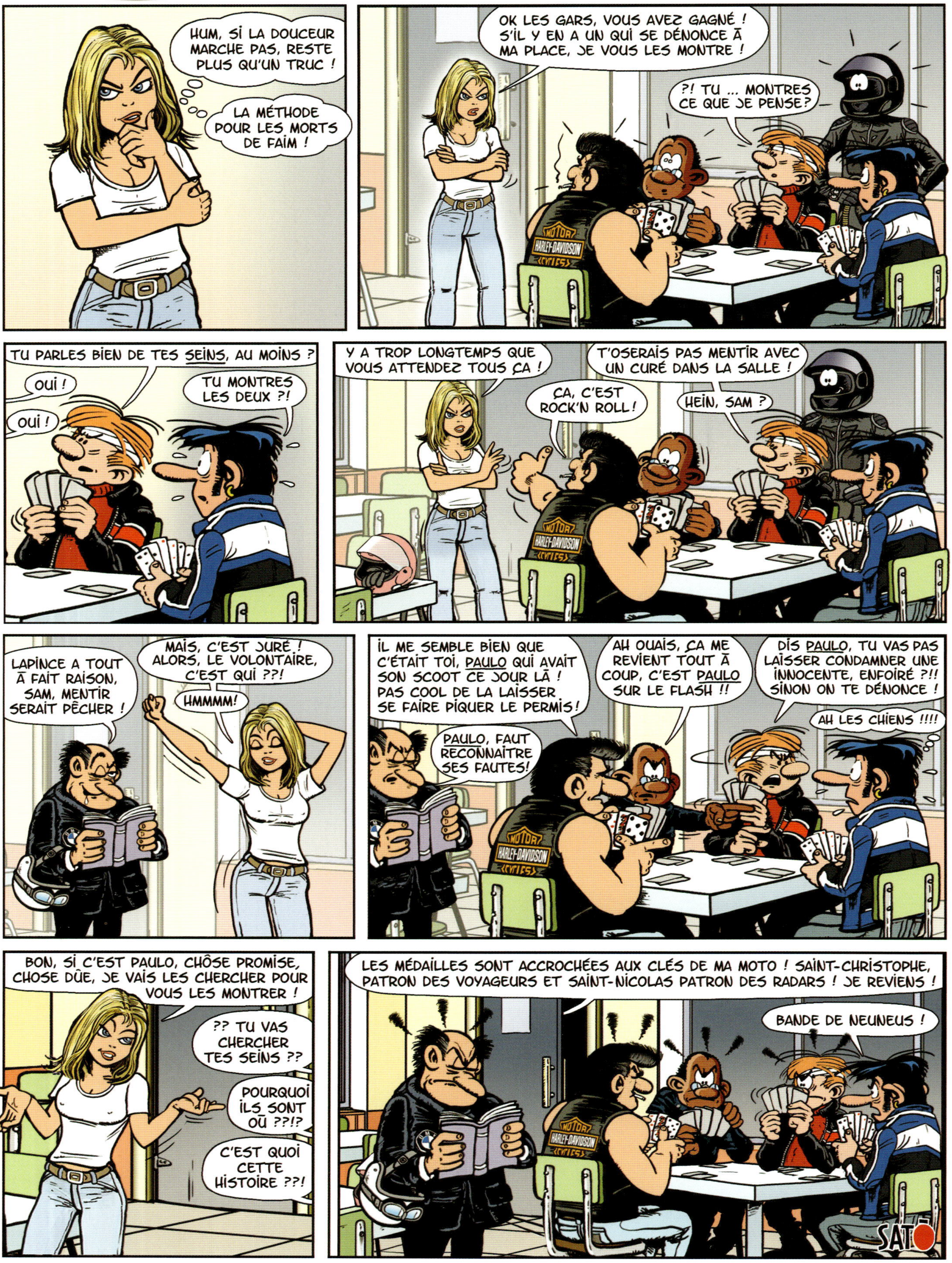

" LE DON DE SOI POUSSÉ À SON PAROXYSME ! "

LOOK VINTAGE, ESPADRILLES, PAS DE CASQUE
(BON, OK, C'ÉTAIT JUSTE POUR LA PHOTO ...) NI DE GANTS !!!

L'AUTEUR DE MÊME PAS PEEUR, ICI AU RETOUR D'UNE PROMENADE DIGESTIVE,
SUR SES ROUTES FULL-CAMBROUSSE !

IL N'HÉSITE DONC JAMAIS À TOUT METTRE EN OEUVRE
POUR BIEN APRÉHENDER, RESSENTIR,
ET AINSI S'IMPRÉGNER LUI MÊME À FOND, DE L'ESPRIT KÉKÉ ..

... AFIN DE POUVOIR NOUS LE RETRANSCRIRE SI FIDÈLEMENT !

LA BD MOTO ... UN SACERDOCE !!

SATŌ, *vu par "JUL" !*
Aquarelle de julien lecointe.
www.dessinsdejul.fr

SOUVENIRS :

1978, MES PREMIÈRES PLANCHES !

LES HÉRICORNES

1 · L'appel de la déesse

Scénario
Kid Toussaint

Dessin et couleur
Verónica Álvarez

LE LOMBARD
BRUXELLES

Merci à Kid, Camille et toute la famille du Lombard pour leur confiance et pour avoir rendu cette aventure si incroyable !

Merci à Kenny pour son soutien, c'est grâce à lui que j'en suis ici aujourd'hui.
À Pacheco, j'aurais aimé que tu puisses voir cet album terminé.

À ma famille adorée, Dani, Eva et Lara, un immense merci pour tout votre amour et votre patience.
Merci à mes parents et mes frères pour tout leur soutien. Cet album est pour vous !
Merci à mon oncle Luis pour m'avoir transmis l'amour des bandes dessinées.

Enfin, merci à vous lecteurs et lectrices de lire cet album. J'espère que vous prendrez autant de plaisir à le découvrir que j'en ai eu à le réaliser.

VERÓNICA ÁLVAREZ SÁNCHEZ-GÓMEZ

Merci à Camille et Gauthier d'avoir pensé à moi pour ce challenge.

Merci à Verónica de nous avoir suivis.

Celui-ci, il est pour mes Héricornes préférées : Mégane, Clémentine, Rose, Maxime, Maxence, Camille, Lucie et Louane (et David).

KID TOUSSAINT

Direction artistique
Éric Laurin

Conception graphique
Tony Derbomez

Lettreur
Mollo Fernandez

Aplatistes
Rubén Candel
Guillermo Varela

Cet album a été imprimé sur du papier issu de forêts durables, selon un système sûr et transparent qui permet de suivre le flux de bois depuis la forêt jusqu'au consommateur.

Première édition

D/2023/0086/129
ISBN 978-2-8082-0620-4

Dépôt légal : avril 2023
Achevé d'imprimé : mars 2023
Imprimé et relié en France par PPO GRAPHIC,
Rue de la Croix Martre 10, 91120 Palaiseau.

LES ÉDITIONS DU LOMBARD
7, AVENUE PAUL-HENRI SPAAK
1060 BRUXELLES - BELGIQUE

WWW.LELOMBARD.COM

"C'EST LE GRAND JOUR, PRINCESSE CÉLESTE."
"AUJOURD'HUI, COMME TOUS LES CENT ANS, L'HÉRITIÈRE DE LÉMURIA VA SE RENDRE SEULE..."
"... AU TEMPLE DE LA DÉESSE POUR LUI DEMANDER DE PROTÉGER LE ROYAUME ET D'Y ASSURER PAIX ET PROSPÉRITÉ."

À CELA, S'AJOUTERA UN VŒU PERSONNEL QUE VOUS POURREZ LUI FORMULER.
LE VOYAGE SERA LONG. NOUS AVONS PRÉPARÉ TOUT LE NÉCESSAIRE POUR AFFRONTER CE PÉRIPLE.
NÉANMOINS, VOS MEILLEURS ATOUTS SERONT :
VOTRE ENTRAÎNEMENT, LES ARMES DE LÉMURIA ET LA LI...
EH BIEN ?!
OÙ EST PASSÉE LA PRINCESSE CÉLESTE ?

JE M'EN VEUX TELLEMENT DE T'INFLIGER ÇA.
C'ÉTAIT MON DEVOIR D'AÎNÉE... MON FARDEAU...
≠KOF KOF≠ C'EST INJUSTE ! TU NE DEVRAIS PAS AVOIR À AFFRONTER CE DANGER !
BAH, C'EST JUSTE UN PETIT VOYAGE... UNE PRIÈRE, ET PUIS JE REVIENS.
CÉLESTE ! TU NE TE RENDS PAS COMPTE ! C'EST LOIN DE LÉMURIA... ≠KOF KOF≠
ÇA VA BIEN SE PASSER, ASTRA. NE T'INQUIÈTE PAS.
PROMETS-MOI D'INVOQUER LES ARMES ET SADALBARI AU MOINDRE PÉRIL !
LE TRUC DE LA LICORNE, LÀ ? C'EST SÉRIEUX, CETTE HISTOIRE ?
CÉLESTE ! PROMETS-MOI !
PROMIS.
ET TOI, PROMETS-MOI DE GUÉRIR !
STELLA ! N'Y VA PAS !

MAMIE, MOI, C'EST CÉLESTE... STELLA, C'ÉTAIT MA MÈRE...
NE DIS PAS N'IMPORTE QUOI. STELLA, C'EST MA FILLE.
TU ES TOUTE MALADE, MA PAUVRETTE.
TU CONFONDS AVEC ASTRA...
REGARDE-TOI, TU ES TOUTE FRIPÉE ! TU ES SI VIEILLE.
OH... MAMIE... 'ANS 'OULOIR TE 'EXER : 'A, 'EST TOI.
PRINCESSE CÉLESTE !
VOUS ÊTES LÀ !
ET SURTOUT, MÉFIE-TOI DE LA SORCIÈRE !
LA SORCIÈRE ?!
PAUVRE REINE MÈRE... ELLE N'A PLUS TOUTE SA TÊTE.

AU REVOIR, HÉRITIÈRE DE LÉMURIA. ET BONNE CHANCE.
SOIS PRUDENTE, PETITE SŒUR.
AMUSE-TOI BIEN À L'ÉCOLE !
LONGUE VIE À L'HÉRITIÈRE DE LÉMURIA !
LONGUE VIE À LA PRINCESSE CÉLESTE !
ET QUE LA DÉESSE LA PROTÈGE !

VOILÀ, VOTRE ALTESSE, NOUS SOMMES AUX FRONTIÈRES DE LÉMURIA.
LA SUITE DU CHEMIN, VOUS DEVREZ LA PARCOURIR SEULE.
QUE LA DÉESSE VOUS PROTÈGE, ET SURTOUT, EN CAS DE DANGER...
OUI, OUI, J'INVOQUERAI LES ARMES ET SADALBARI.
MERCI, COMMANDEUR. AU REVOIR.
VOYONS L'ITINÉRAIRE...
Lémuria
Arbres des pendus
Grottes du Hurleur
ILS ONT MIS LE PAQUET SUR LES NOMS LUGUBRES...
ALLONS-Y.

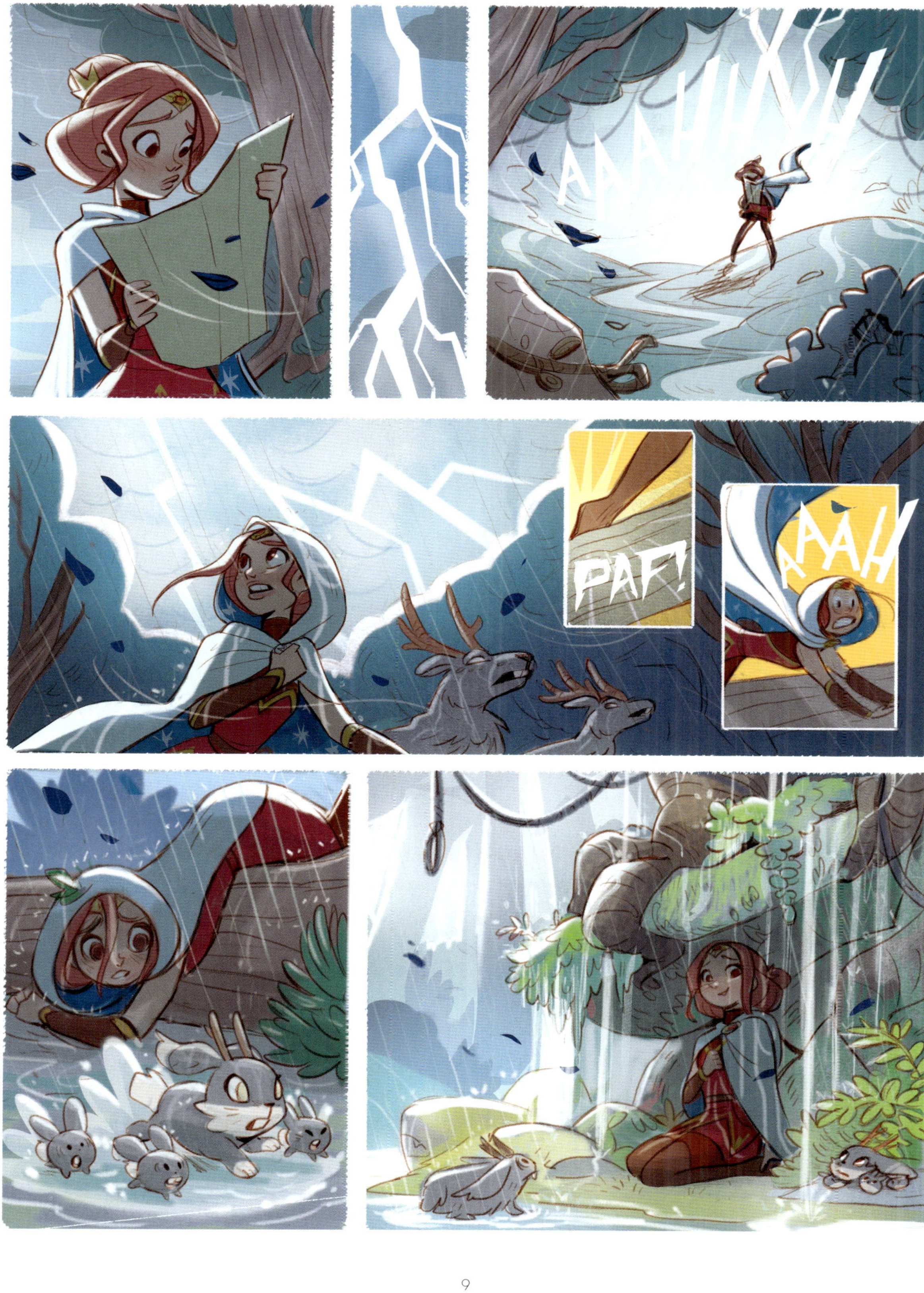
AAAHHH
PAF!
AAAH!

AAH
HAHAH

BIEN BIEN... ÇA DOIT ÊTRE L'ANCIENNE CARRIÈRE...
IL N'Y A PLUS QU'À TROUVER LES GROTTES DU HURLEUR...

LÀ ! ÇA DOIT ÊTRE L'UNE DES GROTTES...

ROOOAAAAAAR
... ET ÇA, ÇA DOIT ÊTRE LE HURLEUR !

OK... JE CROIS QUE C'EST LE MOMENT...
J'INVOQUE... EUH... LES ARMES DE LÉMURIA... ET...
MINCE, IL FAUT VRAIMENT QUE JE LE DISE ?
LA LICORNE SADALBARI !

ÇA MARCHE VRAIMENT !

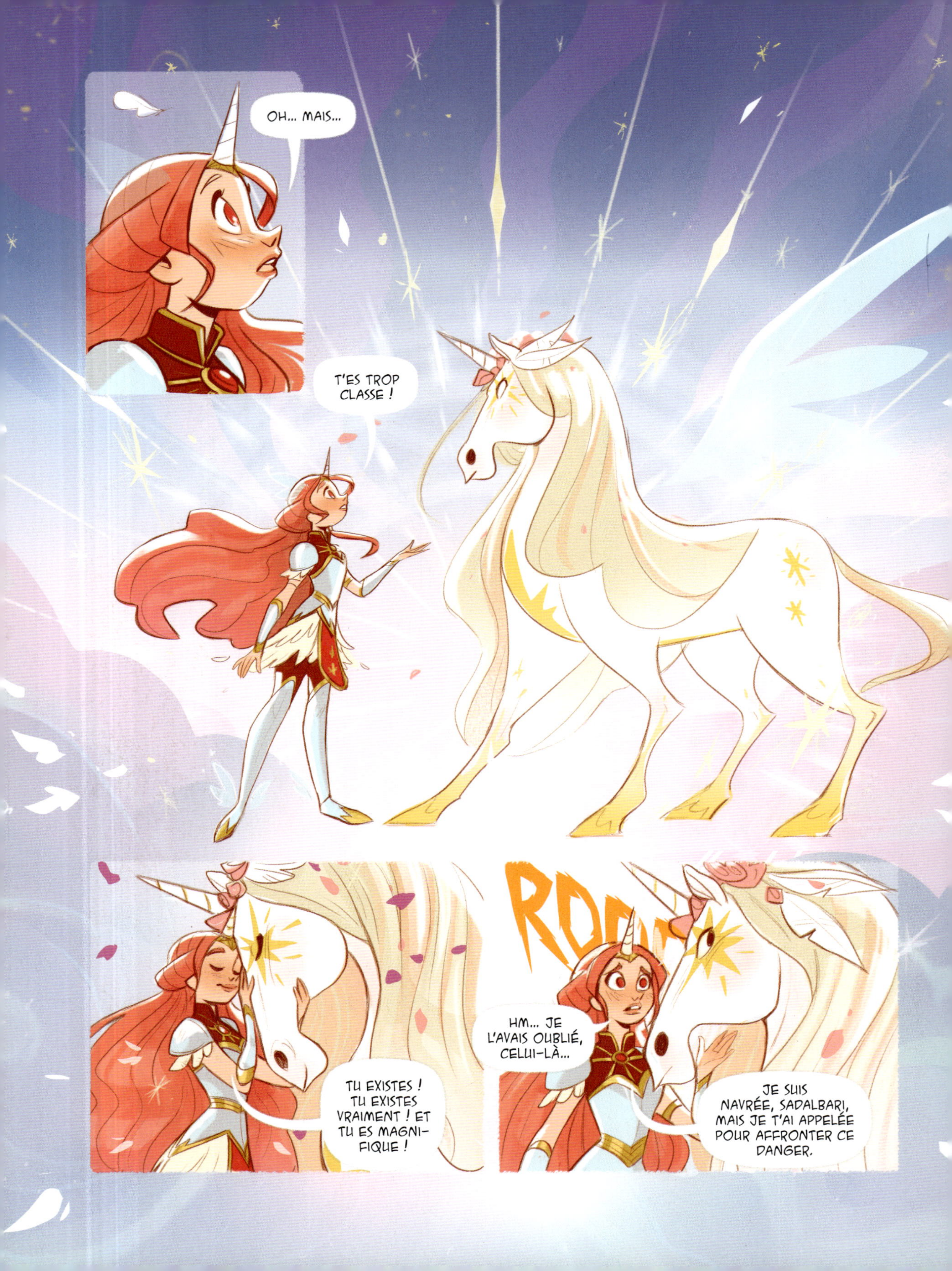
OH… MAIS…
T'ES TROP CLASSE !
TU EXISTES ! TU EXISTES VRAIMENT ! ET TU ES MAGNIFIQUE !
HM… JE L'AVAIS OUBLIÉ, CELUI-LÀ…
JE SUIS NAVRÉE, SADALBARI, MAIS JE T'AI APPELÉE POUR AFFRONTER CE DANGER.

MONTRE-TOI, HURLEUR ! ON N'A PAS PEUR DE TOI !
(OU ALORS JUSTE UN PEU.)
ROOOAAAAAR
RO...
OH... C'EST TOI QUI FAIS TOUT CE BRUIT ?
VAS-Y ! TUE-LE !

FAIS TES ADIEUX, MAUDIT HURLEUR ! ON N'A PAS PEUR DE TOI !
IL EST SI MIGNON.
MAIS... JE NE VAIS PAS LE TUER...
OH... TU JUGES LES GENS SUR LEUR PHYSIQUE.
"IL EST MIGNON DONC IL EST INOFFENSIF." JE VOIS LE GENRE.
MAIS... T'ES QUI, TOI ?
POP!
JE M'APPELLE NELL.
EH BIEN, NELL... EST-IL DANGEREUX, CE HURLEUR ?
NAAAAAAN. LUI, IL FAIT JUSTE BEAUCOUP DE BRUIT.

BON, ON Y VA ?
OÙ ÇA ?
BAH, AU TEMPLE DE LA DÉESSE, TIENS.
TU VAS AUSSI AU TEMPLE ?
BAH, OUI... J'SUIS UNE HÉRICORNE COMME TOI.
UNE HÉRICORNE ?
UNE HÉRITIÈRE À LICORNE, QUOI...
J'IGNORAIS QU'IL Y EN AVAIT D'AUTRES...
OK... ALORS... COMMENT JE TE "RANGE", TOI ?
TU N'AS RIEN À FAIRE. ELLE DISPARAÎT D'ELLE-MÊME QUAND TU N'AS PLUS BESOIN D'ELLE.
ROOOAARRR
AAAAAR
ET AU FAIT, CE N'EST PAS "LES GROTTES DU HURLEUR" MAIS "LA GROTTE DES HURLEURS".
ROOOAARRR
ROOOAARRR
QU'EST-CE QUE TU DIS ?! JE NE T'ENTENDS PAS !

LA NUIT TOMBE... LE PEUPLE A VOTÉ À L'UNANIMITÉ LE RAPPEL DES TROUPES.
EH BIEN, IL ÉTAIT TEMPS !
NOUS SOMMES DÉBORDÉS !
SONNEZ LE RAPPEL !
AWOOOOO
TOUS À LA FORTERESSE !
AWOOOOOOO
PREMIÈRE LIGNE ! ON LES COUVRE !
HÉ ! OÙ EST PASSÉE RAMA ?!

ELLE EST LÀ !
MINCE ! ELLE N'A PAS ASSURÉ SES ARRIÈRES !
PAF!
PAF!
GRRRR

TU AURAIS DÛ RESTER AVEC TES PETITS AMIS.
TU NE PEUX RIEN TOUTE SEULE.
RAMA NE VOUS CRAINT PAS.

YAAAAAAHHHHHH
TIENS BON, RAMA ! ON ARRIVE !
OH OH !

POW!
AGH!
PAAAF
POW!
GRRR

ÇA VA ?
RAMA VA BIEN, LOTHE.

RAMA S'EXCUSE DE N'AVOIR PAS ASSURÉ SES ARRIÈRES.

MOOOOOOOOO
LES DERNIERS SONT RENTRÉS.
LE VOTE EST UNANIME : DÉCLENCHEZ LE BLIZZARD.
FWOOOSH

DEVONS-NOUS CONTINUER ET ASSAILLIR LA FORTERESSE ?
NON. PAS AVEC CE BLIZZARD.
MAIS IL LEUR FAUDRA DEUX JOURS POUR RECHARGER CETTE ARME VENTEUSE.
ALORS, NOUS ATTAQUERONS DEMAIN...
NOUS SOMMES THULÉE !

NOUS SOMMES UN ET NOUS PROTÉGEONS LE MONDE DES ASSAUTS DES ORCONS DES GLACES !
NOUS SOMMES TOUTES ET TOUS ÉGAUX, ET QUAND L'UN DE NOUS TOMBE, UN AUTRE PREND SA PLACE.
DEMAIN, UNE SEULE D'ENTRE NOUS SE VERRA CONFIER UNE MISSION DE LA PLUS HAUTE IMPORTANCE.
COMME TOUS LES CENT ANS, CELLE QUI SERA DÉSIGNÉE "HÉRITIÈRE DE THULÉE" DEVRA SE RENDRE AU LOINTAIN TEMPLE DE LA DÉESSE...
... ET Y FORMULER UN SOUHAIT ET UNE DEMANDE. POUR LE SIÈCLE À VENIR, LA DEMANDE EST CELLE-CI :
OBTENIR L'AIDE DES AUTRES ROYAUMES POUR VENIR À BOUT DES BELLIQUEUX ORCONS DES GLACES !

LES RÈGLES DE LA DÉESSE NE SONT PAS LES NÔTRES MAIS NOUS LES ACCEPTONS.
ELLE DEMANDE UN SEUL HÉRAUT ET QUE CELUI-CI SOIT UNE JEUNE FILLE.
QU'IL EN SOIT AINSI.
CHAQUE CITOYEN DE THULÉE ÉTANT ÉGAL À UN AUTRE, C'EST LE HASARD QUI CHOISIRA NOTRE HÉRITIÈRE.
ET LE HASARD A DÉSIGNÉ...
... RAMA.
NOUS TE REMETTRONS LES ARMES DE THULÉE ET T'ACCOMPAGNERONS DEMAIN À LA FRONTIÈRE.
MAINTENANT, VOTONS POUR LE REPAS DE CE SOIR.
TU NOUS RENDRAS FIERS, RAMA.
QUE LA DÉESSE TE PROTÈGE, RAMA.
RAMÈNE PLEIN DE TROUPES DES AUTRES ROYAUMES.
RAMA VOUS REMERCIE ET FERA DE SON MIEUX.

NOUS Y SOMMES.
LA FRONTIÈRE DE GLACE...
... QUE SEULE LA LICORNE MATAR PEUT FRANCHIR.
INVOQUE-LA... ET INVOQUE LES ARMES DE THULÉE POUR TE DÉFENDRE.
MOOO
LA FORTERESSE EST ATTAQUÉE ! NOUS DEVONS Y RETOURNER !
NOUS COMPTONS SUR TOI, RAMA.
QUE LA DÉESSE TE PROTÈGE.

VOUS PENSEZ QU'ELLE VA Y ARRIVER ?
ELLE A AUTANT DE CHANCES QU'UN AUTRE CITOYEN DE THULÉE D'Y PARVENIR.
"BIEN SÛR."

RAMA
INVOQUE LES ARMES
DE THULÉE ET...
... LA LICORNE
MATAR.

RAMA EST CONTENTE DE NE PAS ÊTRE SEULE DANS CETTE AVENTURE, LICORNE MATAR.
MAIS RAMA SE DEMANDE COMMENT NOUS ALLONS POUVOIR FRANCHIR...
... CE MUR.
RAMA DOUTE QUE FONCER TÊTE BAISSÉE SOIT UNE BONNE IDÉE.

PUM!
CRACK!
CRACK!
CRACK!
RAMA REMERCIE MATAR POUR CE PASSAGE.

JE NE SAIS PAS SI LA SITUATION EST URGENTE DE TON CÔTÉ...
... NI MÊME SI TU ES AUSSI EXCITÉE QUE MOI À L'IDÉE DE RENCONTRER LA DÉESSE...
... MAIS JE PENSE QU'IL EST TEMPS...
PAM! PAM! PAM! PAM! PAM! PAM!
DEBOUT, DEBOUT, PRINCESSE CÉLESTE, HÉRICORNE DE LÉMURIA ET BLABLABLA !
GAAAAAA
J'AI CUEILLI DES BAIES ET DES CHAMPIGNONS.
MERCI, NELL.
MAIS J'IGNORE S'ILS SONT COMES-TIBLES.

AU FAIT, NELL, TU NE M'AS PAS DIT DE QUEL PAYS TU ÉTAIS LA PRINCESSE...
UN PAYS QUE TU NE CONNAIS PAS.
TU NE SAVAIS MÊME PAS QU'IL Y AVAIT D'AUTRES HÉRICORNES...
EXCUSE-MOI... JE... JE N'ÉTAIS PAS CENSÉE ÊTRE UNE HÉRICORNE.
J'AI PRIS LA PLACE DE MA SŒUR PARCE QU'ELLE EST TRÈS MALADE.
OH. JE SUIS VRAIMENT NAVRÉE DE L'APPRENDRE.
BAH, AU MOINS, MAINTENANT, T'AS UNE LICORNE...
TOI AUSSI, ALORS ? ELLE RESSEMBLE À QUOI, LA TIENNE ?
ELLE EST... EUH... VERTE... AVEC DES ANTENNES ET... EUH...
DES... ANTENNES ?!
BEN OUAIS ! POURQUOI ?! TU M'CROIS PAS ?!
EUH... SI, SI !
JE TE PRIE DE M'EXCUSER SI JE T'AI OFFENSÉE, NELL.
MOI, J'CROIS QUE TU JUGES ENCORE SUR LES APPARENCES.
NON ! JE TE LE PROMETS !

PARLEZ MOINS FORT !
IL VIENT D'Y AVOIR UNE AGRESSION ICI...
SHHH
JE PENSE QU'IL S'AGISSAIT D'UNE HÉRITIÈRE QUI NE SURVEILLAIT PAS SES ARRIÈRES...
ELLE A ÉTÉ ATTAQUÉE PAR SURPRISE PAR DES SOLDATS DU DEMI-PEUPLE...
TOUT S'EST PASSÉ TRÈS VITE...

MAIS J'IGNORE S'IL RESTE DES SENTINELLES DANS LES PARAGES.
LE DEMI-PEUPLE ?
DES HOMMES ET DES FEMMES QUI NE GRANDISSENT PLUS AU-DELÀ DE L'ÂGE DE HUIT ANS...
... MAIS ILS PEUVENT VIVRE 200 ANS.
ILS L'ONT EMMENÉE PAR LÀ.
TU ES CÉLESTE, HÉRITIÈRE DE LÉMURIA, C'EST ÇA ?!
EUH... OUI...
ELLE VOULAIT DIRE HÉRICORNE DE LÉMURIA.
JE SUIS ORYA, HÉRITIÈRE DU GONDAWA.
ET TOI, TU ES...?
NELL.
EH BIEN, ENCHANTÉE. MAINTENANT, SOYEZ PRUDENTES...
... ET ALLONS SAUVER CETTE AUTRE HÉRITIÈRE.
ELLE VOULAIT DIRE HÉRICORNE.

PSSSST ! RÉVEILLE-TOI !
IL FAUT QU'ON SE SORTE DE LÀ.
HÉ ! VOUS !
NE TOUCHEZ PAS À ÇA !
C'EST À MOI !
AH ! VOUS ALLEZ ME LIBÉRER ?
NON MAIS HÉ !

RENDEZ-MOI MES LUNETTES !
J'EN AI BESOIN !
POURQUOI LES A-T-ON RAMENÉES AU VILLAGE APRÈS LES AVOIR DÉPOUILLÉES ?
IL Y AVAIT UNE BONNE RAISON MAIS JE NE M'EN SOUVIENS PLUS.
ON AURAIT PEUT-ÊTRE DÛ LES LAISSER OÙ ON LES A TROUVÉES...
JE DIRAIS BIEN QUE C'EST POUR LES MANGER MAIS JE SUIS PRESQUE CERTAINE QU'ON NE MANGE PAS LES HUMAINS...

ILS ONT DEUX HÉRICORNES !
ON DOIT LES SAUVER !
LE DEMI-PEUPLE EST RÉPUTÉ CHAPARDEUR... PAS KIDNAPPEUR.
S'ILS ONT RAMENÉ CES HÉRITIÈRES AU VILLAGE, IL DOIT Y AVOIR UNE RAISON QUE J'AIMERAIS BIEN CONNAÎTRE.
C'ÉTAIT PEUT-ÊTRE POUR LES VENDRE ?
OU LES METTRE DANS UN ZOO ?
ET SI ON EN FAISAIT NOS HÉRITIÈRES POUR QU'ELLES PLAIDENT EN NOTRE FAVEUR AUPRÈS DE LA DÉESSE ?
VOUS ÊTES SÛRS QU'ON NE MANGE PAS LES HUMAINS ?
L'ENNUI, C'EST QUE LE DEMI-PEUPLE N'A PAS DE MÉMOIRE.
ALORS ON FAIT QUOI ?
MOI, JE PROPOSE QU'ON LEUR FLANQUE UNE BONNE RACLÉE.
UNE ATTAQUE FRONTALE ? JE NE SAIS PAS...
ILS SONT NOMBREUX TOUT DE MÊME ET ON METTRAIT LES HÉRITIÈRES EN DANGER.
UNE NÉGOCIATION ME SEMBLE PLUS APPROPRIÉE.

VOUS PARLEZ TROP ! IL FAUT Y ALLER !
J'INVOQUE... LES ARMES DE... EUH... MON PAYS...
ET LA LICORNE NUNKI !
SHHHHH...
TADA !
BIM !
FWOOSH...
TATINTINTIN...

BAH... ELLE EST OÙ TA LICORNE ?
NUNKI ?
ELLE EST INVISIBLE.
BON.
ON PASSE À L'ATTAQUE ?
JE NE PENSE VRAIMENT PAS QUE CE SOIT UNE BONNE IDÉE, NELL.
C'EST... EUH... DANGEREUX.
TRÈS BIEN. FAITES COMME VOUS VOULEZ.
MAIS APRÈS VOUS ALLEZ PLEURER : "OUIN ! OUIN ! VIENS NOUS SAUVER, NELL."
ET MOI, JE RÉPONDRAI : "JE VOUS L'AVAIS BIEN DIT, LES HÉRICORNES."
ET VOUS DIREZ : "OUIN ! OUIN ! C'EST VRAI ET ON A ÉTÉ TROP STUPIDES DE NE PAS T'ÉCOUTER."
ET MOI, JE RÉPONDRAI : "ÇA, C'EST BIEN VRAI."
ET VOUS : "OUIN ! OUIN ! ON NE TE MÉRITE PAS..."

OH, MAIS JE TE VOIS !
MÊME SANS MES LUNETTES, TU AS BEAU ÊTRE MINUSCULE... JE TE VOIS.
TON APPROCHE SOURNOISE NE SERT À RIEN.
BAM
TES PETITS CAMARADES M'ONT DÉJÀ TOUT PRIS.
IL NE ME RESTE QUE MES YEUX POUR PLEURER.
NE TOUCHE PAS MES YEUX !
FICHE LE CAMP !
NE ME TOUCHE PAS !
OH...
ÇA, C'EST INATTENDU.

CITOYENS DU DEMI-PEUPLE...
NOUS VENONS EN AMIES...
NOUS VOUS DEMANDONS DE LIBÉRER LES DEUX HÉRITIÈRES...
... ET EN ÉCHANGE, NOUS VOUS DONNERONS...
... DES BIJOUX DU GONDAWA...
... ET DE L'OR DE LÉMURIA...
OOOOOOH...

NON MAIS QU'EST-CE QU'ELLES FICHENT ?!
MADEMOISELLE, VOUS FAITES BRÛLER DANS MON CŒUR UN FEU QUE JE CROYAIS LÉGENDE. L'INCENDIE A PRIS AUSSITÔT QUE JE VOUS AI VUE, BRÛLANT MON ÊTRE D'UNE PASSION DÉVORANTE.
MADEMOISELLE, PERMETTEZ-MOI DE VOUS DIRE – ET TANT PIS, SI JE ME COUVRE DE RIDICULE –...
CITOYENS DU DEMI-PEUPLE... ACCEPTEZ-VOUS NOTRE OFFRE ?
NOUS AVONS UNE MEILLEURE IDÉE...
NOUS PRENONS VOTRE OR ET VOS BIJOUX ET VOUS, VOUS ALLEZ REJOINDRE VOS COPINES.
QUOI ?!
NON !
QUELLES IDIOTES !
JE VOUS AIME.
T'AS DIT QUOI ?!!!

METTEZ-LES DANS LES CAGES.
LÂCHEZ-MOI !
QU'ALLEZ-VOUS FAIRE DE NOUS ?
MH... ÇA, C'EST UNE BONNE QUESTION.
JE LE SAVAIS POURTANT.
ON POURRAIT LES FAIRE TRAVAILLER ?
JE PENSE QU'ON DEVRAIT EN GOÛTER UNE... LA FAIRE BOUILLIR OU BIEN RÔTIR.
ON DEVAIT LES VENDRE MAIS À QUI ?
À UNE SORCIÈRE, JE CROIS.
N'IMPORTE QUOI.
UNE SORCIÈRE ?!

BON, OK, FAIS CUIRE CELLE-CI, ON VERRA BIEN SI C'EST UNE BONNE IDÉE.
QUOI ?! NON !
YEAH
YUHUU
UOHO!
T'ES AMOUREUX DE MOI ?
JE ME CONSUME POUR VOUS D'UN FEU PLUS ARDENT QUE LE MAGMA DES VOLCANS.
ALORS, LIBÈRE-MOI.
ET TANT QU'ON Y EST, LIBÈRE CETTE HÉRITIÈRE AUSSI ET RÉVEILLE-LA.
D'ACCORD ?
HÉ ! T'AS COMPRIS ? OÙ TU VAS ?
HÉ ! REVIENS ! TU FAIS QUOI, LÀ ?!

SÉRIEUSEMENT !
IL VA TRANQUILLEMENT SE BOIRE UNE BIÈRE ?!
T'AS LA MÉMOIRE AUSSI COURTE QUE TES JAMBES !
ALLEZ !
JETTE-LA DANS LE FEU, QU'ON VOIE SI ON LES A GARDÉES POUR LES MANGER OU PAS.
ÇA NE DEVRAIT PAS SE CUIRE À L'EAU ?
IL FAUDRAIT LA DÉPLUMER.
ET SI ON L'EMBROCHAIT ?
QUAND ON AURA RÉCUPÉRÉ NOS ARMES, ON VOUS BOTTERA LES FESSES !
PAF!
SPLASH!
MH ?!

OH... OK.
TU DEVAIS D'ABORD ME DÉLIVRER, PUIS OUVRIR SA CAGE, ET ENFIN...
MMMH... RAMA A ENCORE OUBLIÉ D'ASSURER SES ARRIÈRES.
... LA RÉVEILLER... MAIS SOIT.
MAINTENANT, LIBÈRE-MOI.
HÉ ! TU FAIS QUOI ?
JE VOUS SERS UN VERRE, MA DOUCE.
J'Y CROIS PAS !
LIBÈRE-MOI, BON SANG !
BON, TRÈS BIEN, TUEZ-LES D'ABORD.
IL NOUS EN RESTERA TOUJOURS DEUX.
VOUS ÊTES FOUS ?! LAISSEZ-NOUS !
ÇA SUFFIT !

RAMA AIMERAIT SORTIR !
ILS VONT LES TUER !
HÉHÉHÉ…
RROOOOAAAR
CE CRI…
ON EST ATTAQUÉS !
TOUS AUX ABRIS !
C'ÉTAIT MON ESTOMAC ?
TOUS À L'ATTAQUE !
ORYA ! JE CONNAIS CE BRUIT !
C'EST LE MOMENT !

LÂCHEZ-NOUS !
YAH !
PAF!
PAF!
CRANK
CRANK
OK. SUPER. MERCI.
MAINTENANT, PITIÉ, DÉLIVRE-MOI
ON FAIT QUOI ? ON COURT ? ON ATTAQUE ?
ON LES AIDE À SE DÉFENDRE CONTRE CETTE... EUH... BÊTE ?
NE T'INQUIÈTE PAS POUR LA BÊTE...
"... ELLE EST TROP MIGNONNE..."
ALLEZ, PETITS HURLEURS, VOUS POUVEZ CHANTER AUTANT QUE VOUS VOULEZ MAINTENANT.
ROARR
ROARR

ALORS IL EST TEMPS D'EN FINIR AVEC LE DEMI-PEUPLE ET DE LIBÉRER LES AUTRES.
PRÊTE ?
PRÊTE !
J'INVOQUE LES ARMES DU GONDAWA ET LA LICORNE CEROTIS.
J'INVOQUE LES ARMES DE LÉMURIA ET LA LICORNE SADALBARI.

ARRÊTEZ-LES !
ATTRAPEZ LEURS LICORNES !
OOOOOH !
ON VA LES MANGER AUSSI ?
NON, JE CROIS QU'ON VA LES REVENDRE.

JE VOUS L'AI DIT : ON VA VOUS BOTTER LES FESSES !

CRANK
HA ! ENFIN !
MAINTENANT, IL FAUT QUE JE RÉCUPÈRE MES AFFAIRES...
"... MON BLASON, LES ARMES DE MÛ..."
"... ET LA LICORNE KITALPHA."
ALLONS-Y, SADALBARI !
MONTRE-MOI DE QUOI TU ES CAPABLE !

SADALBARI EST UNE LICORNE PROTECTRICE.
TU NE CRAINS RIEN AVEC ELLE !
ALLEZ, CÉLESTE ! ON SORT DE LA MÊLÉE ET ON PRÊTE MAIN-FORTE AUX AUTRES !
PAF !
ON A ASSEZ PERDU DE TEMPS ICI !
AÏE !
HMPF !
PAF !
ARGH !
ALLONS-Y !

VOILÀ. ELLES SE DÉBROUILLENT BIEN.
INUTILE DE RISQUER NOTRE PEAU, NUNKI.
!
ET VOUS, LES HURLEURS, JE VOUS REMERCIE D'AVOIR CHANTÉ.
JE VOUS RENDS VOTRE LIBERTÉ.
SAUF TOI... TOI, J'TE GARDE.
DÉPÊCHEZ-VOUS ! LE MONSTRE S'EST ÉCHAPPÉ !
REMETTEZ-LE DANS SA CAGE !
PAF!
RAMA N'AIME PAS QUE L'ON TRAITE LES GENS DE MONSTRES.

OH NON !
CE SALIGAUD A PRIS LA FUITE AVEC TOUTES MES AFFAIRES ET IL EST DÉJÀ LOIN !
VITE ! TROUVE-MOI UN CHEVAL POUR QUE JE TENTE DE LE RATTRAPER !
TOUT DE SUITE, MON AIMÉE. J'Y COURS !
POURQUOI J'AI COMME UN DOUTE ?
POUNCH
PAF!
CE QU'ILS SONT TEIGNEUX DEPUIS QUE LES HURLEURS NE CRIENT PLUS !
POW!

C'EST QU'ILS ONT DÉJÀ OUBLIÉ CETTE MENACE.
NE LES LAISSEZ PAS S'ENFUIR ! ON EN A BESOIN !
POURQUOI ?
ON TROUVERA.
OH NON !
ELLE VA SE FAIRE TUER !
CEROTIS ! ON Y VA !
CEROTIS ! À FOND !

HI HI HI HI
ATTENTION !
YAH !
PAF
RAMA AVAIT ENCORE OUBLIÉ DE SURVEILLER SES ARRIÈRES.
RAMA DEVRAIT SE FAIRE GREFFER DES YEUX DANS LE DOS.
PAF
RAMA TE REMERCIE, HÉRITIÈRE.
JE M'APPELLE ORYA.
JE SUIS L'HÉRITIÈRE DU GONDAWA.
RAMA S'APPELLE RAMA.
RAMA EST L'HÉRITIÈRE DE THULÉE.

S'IL N'ARRIVE PAS TOUT DE SUITE AVEC LE CHEVAL, JE NE RATTRAPERAI JAMAIS CE VOLEUR !
MAIS QU'EST-CE QUE...?!
VOILÀ, MON AIMÉE, AINSI VOUS N'ATTRAPEREZ PAS FROID.
JE T'AVAIS DEMANDÉ UN CHEVAL !
UN CHEVAL, BON SANG !
RAMA N'A PLUS SES VÊTEMENTS, NI LES ARMES DE THULÉE.
C'EST PARCE QUE...
... CES DEMI-MONSTRES NOUS ONT TOUT VOLÉ.
RAMA N'AIME PAS TROP QUE L'ON TRAITE LES GENS DE MONSTRES. MÊME À MOITIÉ.
L'UN DE LEURS MARCHANDS A PRIS LA ROUTE DE L'EST AVEC TOUTES NOS AFFAIRES.
J'AI DEMANDÉ À CE GARÇON UN CHEVAL, MAIS...
UN CHEVAL ? JE VAIS VOUS CHERCHER ÇA TOUT DE SUITE, MA DOUCE !

N'EN CROYEZ PAS UN MOT.
VERS L'EST, TU AS DIT ?
BOUGEZPASJEREVIENS.
HEIN ?
!
PAF
TU PERMETS ? JE VAIS RENDRE TOUT ÇA AUX HÉR TIÈRES.

BONJOUR...
JE SUIS CÉLESTE, HÉRITIÈRE DE LÉMURIA.
VOUS N'AURIEZ PAS VU ORYA, PAR HASARD ?
RAMA CROIT QU'ELLE A DIT : "BOUGEZ PAS, JE REVIENS."
OH D'ACCORD.
DIS DONC, CÉLESTE... ON DIRAIT QUE TU AS PIQUÉ UNE GROSSE COLÈRE.
OH ÇA... DISONS PLUTÔT QUE...

SADALBARI N'AIME PAS TROP QU'ON L'ENNUIE.
FINALEMENT... LAISSEZ-LES PARTIR.
OUAIS... ON NE SAVAIT PAS QUOI EN FAIRE, DE TOUTE FAÇON.

ATTRAPE, RAMA !
RAMA TE REMERCIE.
ET ÇA, ÇA DOIT APPARTENIR À L'HÉRITIÈRE DE MÛ !
ORYA !
ENFIN ! JE VAIS POUVOIR INVOQUER MES ARMES ET LA LICORNE KITALPHA !
CE NE SERA PAS NÉCESSAIRE...
NOUS NE SOMMES PLUS EN DANGER.
NON MAIS ! DE QUOI JE ME MÊLE ?!
NELL A RAISON. IL NE FAUT PAS INVOQUER LES LICORNES EN VAIN.

ET VISIBLEMENT, CÉLESTE ET SADALBARI ONT ÉCARTÉ LA MENACE QUE REPRÉSENTAIT LE DEMI-PEUPLE.
OH, VOUS VOUS ÊTES BIEN BATTUES AUSSI.
ET ÇA, JE PENSE QUE NOUS LE DEVONS À NELL.
ET SANS LES HURLEURS, NOUS N'AURIONS PAS EU LA DIVERSION NÉCESSAIRE...
OUAIS, JE ME SUIS DIT QUE CE SERAIT QUAND MÊME PLUS DRÔLE D'ALLER TOUTES ENSEMBLE AU TEMPLE DE LA DÉESSE.
MAIS BON... VOUS NE LE MÉRITIEZ PAS.
TU AVAIS RAISON, NELL. ON NE TE MÉRITE PAS.
ON AURAIT DÛ T'ÉCOUTER. PARDON.
ÇA IRA COMME ÇA
N'EMPÊCHE... J'AURAIS BIEN AIMÉ VOIR À QUOI RESSEMBLE MA LICORNE.
OH, NE T'INQUIÈTE PAS.
IL Y AURA ENCORE DE NOMBREUX OBSTACLES AVANT D'ARRIVER AU TEMPLE.

BON, JE CROIS QU'IL EST TEMPS DE PARTIR AVANT QUE LE DEMI-PEUPLE N'OUBLIE QUE CÉLESTE LUI A BOTTÉ LES FESSES !
MAIS... JE N'AI FAIT QUE ME DÉFENDRE !
POURVU QUE TU NE TE DÉFENDES JAMAIS CONTRE NOUS.
ALLONS-Y. IZANDRE, ON TE LAISSE AVEC TON AMOUREUX ?
HA HA HA HA HA HI HI HI
QUOI ?!
MA DOUCE, IL FAUT QUE JE VOUS PRÉSENTE À MA MÈRE ET QUE NOUS NOUS MARIIONS AU PLUS VITE.
JE NE CROIS PAS, NON.
FWOSH

ALORS, ON Y VA !
SKRIIIII

SKRIIII!

FWOO
SKRII

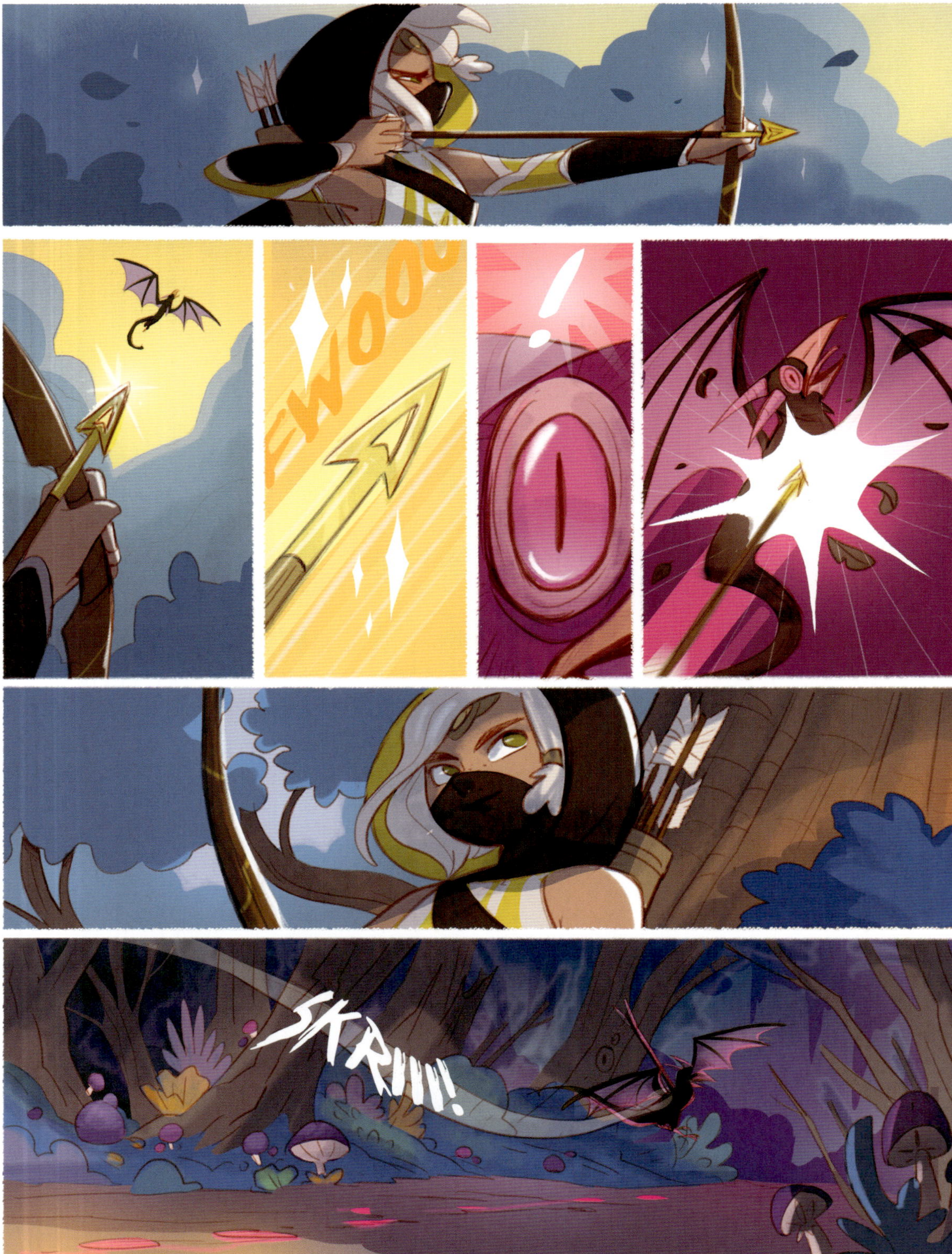
FWOOO
!
SKRIII!

MON AMI... TU ES REVENU !
QUOI ?! ILS ONT OSÉ ?!
PARLE-MOI, MON AMI !
PARLE-MOI AVANT DE T'ÉTEINDRE.
PARLE-MOI, JE TE L'ORDONNE !

ALORS, DIS-MOI, MON AMI...
LE DEMI-PEUPLE EST-IL PARVENU À CAPTURER DES HÉRITIÈRES POUR MOI ?
COMMENT ?!
CES OUBLIEUX NE ME SATISFERONT DONC JAMAIS !!!
DOMMAGE QUE TU NE PUISSES PLUS PARLER. J'AURAIS AIMÉ SAVOIR COMBIEN SONT DÉJÀ EN ROUTE VERS LE TEMPLE DE LA DÉESSE.
J'EN CONNAIS AU MOINS UNE : CETTE FLÈCHE EST UNE ARME DU PAYS DE KETYS...

VENEZ À MOI !
ET PRÉPAREZ-VOUS À UNE GRANDE ATTAQUE.
NOUS ALLONS ARRÊTER CES HÉRITIÈRES NOUS-MÊMES...
VENEZ, MES ORCONS !
NOUS ALLONS ATTAQUER LES LICORNES !

LA SORCIÈRE !!!
LES ORCONS ! C'EST ELLE !
IL FAUT L'EN EMPÊCHER !
JE VAIS PRÉVENIR LE RÉGENT !
RÉGENT ! IL FAUT SAUVER MA PETITE-FILLE !
JE VOUS EN SUPPLIE, DÉESSE... KOF
MH ?

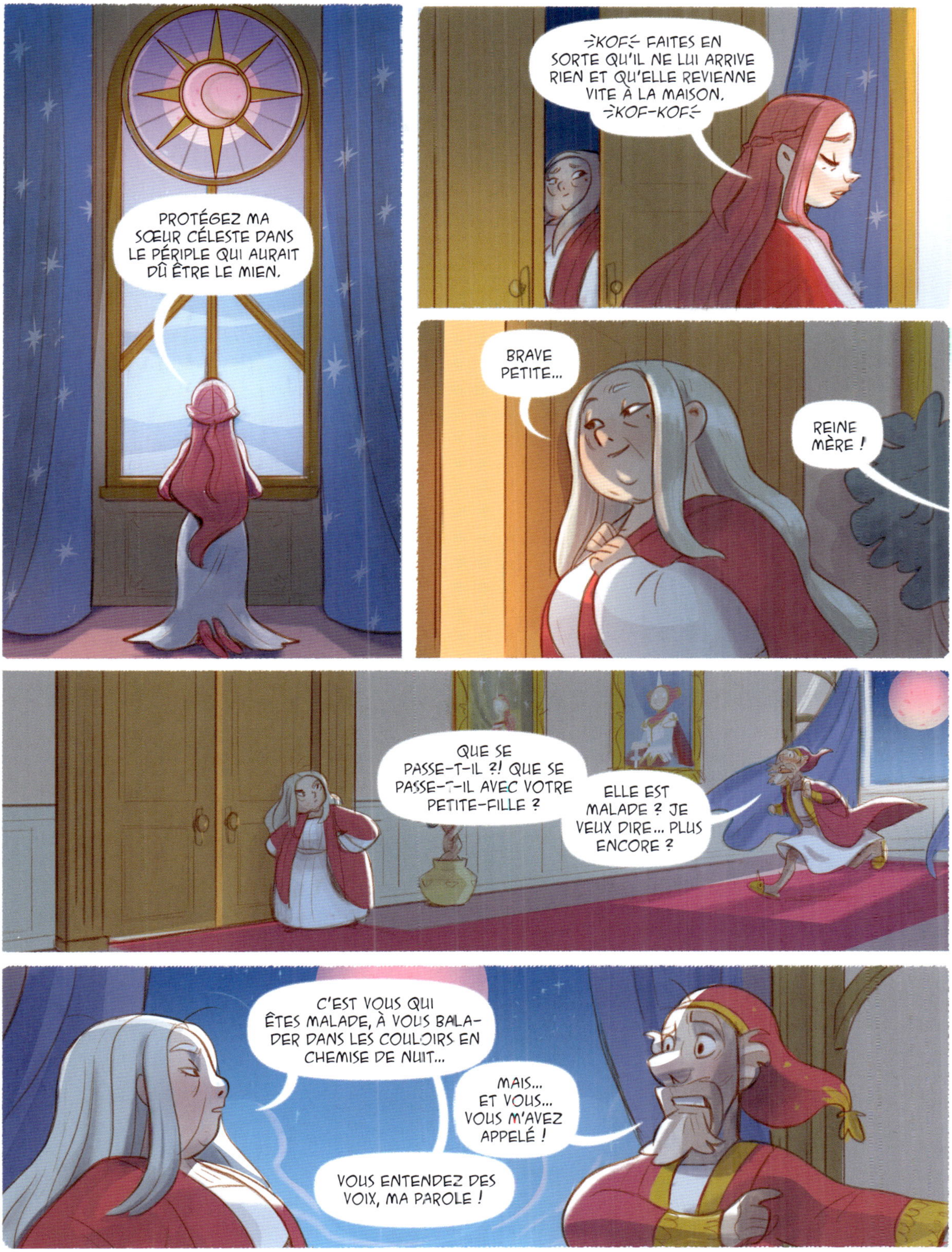
PROTÉGEZ MA SŒUR CÉLESTE DANS LE PÉRIPLE QUI AURAIT DÛ ÊTRE LE MIEN.
KOF FAITES EN SORTE QU'IL NE LUI ARRIVE RIEN ET QU'ELLE REVIENNE VITE À LA MAISON. KOF-KOF
BRAVE PETITE...
REINE MÈRE !
QUE SE PASSE-T-IL ?! QUE SE PASSE-T-IL AVEC VOTRE PETITE-FILLE ?
ELLE EST MALADE ? JE VEUX DIRE... PLUS ENCORE ?
C'EST VOUS QUI ÊTES MALADE, À VOUS BALADER DANS LES COULOIRS EN CHEMISE DE NUIT...
MAIS... ET VOUS... VOUS M'AVEZ APPELÉ !
VOUS ENTENDEZ DES VOIX, MA PAROLE !

ALORS ? QU'Y A-T-IL POUR LE DÉJEUNER ?
MAIS ENFIN, REINE MÈRE, IL EST 2 HEURES DU MATIN !
NE DITES PAS N'IMPORTE QUOI, RÉGENT !
IL ÉTAIT DÉJÀ 2 HEURES DU MATIN HIER.
L'HÉRITIÈRE DE KETYS EST DÉJÀ PROCHE... ET CELLE DE LÉMURIA SE TROUVE CERTAINEMENT DANS LES PARAGES AUSSI.
IL FAUDRA VOUS MÉFIER D'ELLE PLUS ENCORE !
"ELLE EST LA PLUS DANGEREUSE."

LE MONDE DES HÉRICORNES

Forces

COURAGEUSE

VOLONTAIRE

DÉTERMINÉE

GÉNÉREUSE

Faiblesses

Longtemps insouciante, Céleste n'a pas été préparée à être héritière et n'a jamais quitté Lémuria. Elle n'a aucune connaissance du monde extérieur.

LICORNE
SADALBARI

ARME
NUNCHAKU DE LA COMÈTE

Céleste

Royaume de Lémuria

ÉLECTION PAR NAISSANCE

Fille cadette de la famille royale. C'est sa sœur aînée Astra qui aurait dû être l'héritière de Lémuria. Celle-ci est de faible constitution et une maladie chronique l'empêche de quitter le château. Tout a été mis en œuvre pour soigner Astra mais un an avant le jubilé, il a bien fallu se rendre à l'évidence : Céleste devait remplacer sa sœur au temple de la Déesse.

Vœu d'Héritière :
Maintenir la paix et la prospérité au royaume de Lémuria.

Souhait personnel :
Permettre à sa sœur de guérir.

Forces

ABNÉGATION

PUISSANCE

SENS DU SACRIFICE

GÉNÉROSITÉ

COURAGE

SINCÉRITÉ

Faiblesses

Manque de confiance en elle.

Ne surveille pas ses arrières.

LICORNE	ARME
MATAR	BÔ DU FROID

Rama

Royaume de Thulée

ÉLECTION PAR TIRAGE AU SORT

Rama a l'étrange habitude de parler d'elle à la troisième personne comme si elle était spectatrice de sa propre vie.

Vœu d'Héritière :
Obtenir de l'aide dans la défense de Thulée contre les Orcons des glaces.

Souhait personnel :
Rama n'a aucun souhait personnel.

Sadalbari

Royaume de Lémuria

HÉRITIÈRE : CÉLESTE

Couleurs : Or et Ivoire.

Corne : Torsadée dressée.

Type de Licorne : Défense.

Pouvoir : Sa corne crée des boucliers de lumière qui les protègent, elle et son héritière. En mode offensif, ses boucliers sont de véritables béliers et peuvent faire beaucoup de dégâts.

Défense : ✦✦✦✦✦✦

Attaque/Puissance : ✦✦✦

Rapidité/Agilité : ✦✦✦✦

Magie : ✦✦

Télépathie : ✦✦

(connectée à son héritière et aux autres licornes)

Lémuria

SYSTÈME POLITIQUE : MONARCHIE

Élection de l'héritière : Dynastique. La princesse héritière se voit chargée de la mission au temple de la Déesse. Si les souverains n'ont pas d'héritière en âge de participer à la quête, c'est la parente la plus proche dans l'ordre de succession correspondant aux critères qui devient héritière.

Blason : Étoile à huit branches dans un cercle d'or et de rubis.

Situation générale actuelle : En paix. Période d'abondance.

Situation économique : Lémuria vit en autarcie. Ses terres riches, son sous-sol plein de minerais, ses forêts denses, ses rivières, ses lacs et la Mer du Sud lui fournissent toute la matière première dont a besoin sa population.

Matar

Royaume de Thulée

HÉRITIÈRE : RAMA

Couleurs : Azur et neige.

Corne : En aileron robuste.

Type de Licorne : Bélier et attaque.

Pouvoir : Matar a une force hors du commun même pour une licorne. Sa corne décuple la puissance de ses sabots et sa robustesse. Très résistante aux environnements hostiles.

Défense : ✦✦✦✦✦

Attaque/Puissance : ✦✦✦✦✦✦

Rapidité/Agilité : ✦✦

Magie : ✦

Télépathie : ✦✦

(connectée à son héritière et aux autres licornes)

Thulée

SYSTÈME POLITIQUE : STOCHOCRATIE

Élection de l'héritière : Tirage au sort. Comme pour tous les postes à responsabilité, l'héritière de Thulée est choisie au hasard parmi tous les concitoyens. Il est à noter que, pour Thulée, chaque citoyen en vaut un autre et s'ils se plient aux règles de la Déesse, ils estiment que l'héritière devrait être choisie parmi tous sans critère de sexe ou d'âge.

Blason : Flocon de neige sur fond de ciel.

Situation générale actuelle : En guerre contre les Orcons des glaces. Période d'abondance.

Situation économique : Le sol de Thulée est riche en minerais de valeur mais ses terres sont pauvres et son climat difficile. Thulée échange ses minerais contre des épices et des denrées alimentaires du Gondawa et, principalement, contre la technologie de Mû.